CRESSIDA COWELL

El
Tiempo
de los
MAGOS

«Si quieres que tus hijos sean inteligentes, léeles cuentos de hadas. Si quieres que sean más inteligentes aún, léeles más cuentos de hadas.» ALBERT EINSTEIN

Primera edición: marzo de 2018

© de la traducción: 2018, Scheherezade Surià
© de esta edición: 2018, Roca Editorial de Libros, S. L.
Av. Marquès de l'Argentera 17, pral.
08003 Barcelona
actualidad@rocaeditorial.com
www.rocalibros.com

Diseño: Jennifer Stephenson
Maquetación y rotulación: Àngel Solé

Impreso por Liberdúplex, S.L.U.
ISBN: 978-84-17092-41-2
Depósito legal: B 1635-2018
Código IBIC: YFC
Código del producto: RE92412

Este libro está dedicado a mi hijo Xanny, un héroe cuyo nombre empieza con una «x» (y no).

Érase una vez la Magia...

Entrada a las mazmorras de la reina Sychorax

Casa de Wish

EL FUERTE
DEL GUERRERO
DE HIERRO
de la reina Sychorax

El fuerte tiene siete zanjas y está rodeado de un bosque infinito en el que moran trasgos, gigantes, hombres lobo, alientofétidos y algo mucho peor que todos ellos juntos...

La chica, Wish, es de una
tribu guerrera,

pero tiene un objeto mágico

prohibido y hará lo que

sea para esconderlo.

Esta es la historia de
dos héroes.

El chico, Xar, es de una tribu
mágica, pero no tiene magia y
hará lo que sea para conseguirla.

El
Tiempo
de los
MAGOS

Escrito e ilustrado por

CRESSIDA COWELL

Rocaeditorial

Prólogo

rase una vez la magia.

Hace mucho mucho tiempo, en unas Islas Británicas tan antiguas que aún no sabían que eran las Islas Británicas, vivía la magia en los bosques oscuros. Tal vez creas saber cómo es un bosque oscuro.

Pues ya te digo yo que no lo sabes. Eran bosques más oscuros de lo que te parece posible; más que una mancha de tinta, más que la medianoche, más que el mismo espacio y tan retorcidos como el corazón de una bruja. Eran lo que ahora se conoce como bosques salvajes y se extendían en todas direcciones, todo lo lejos que puedas imaginar; solo se detenían al llegar al mar.

Muchos tipos de humanos vivían en los bosques salvajes.

Los magos, que eran mágicos.

Y los guerreros, que no eran mágicos.

Los magos llevaban viviendo en los bosques salvajes desde tiempos inmemoriales y pretendían vivir allí para siempre, junto con el resto de cosas mágicas.

Hasta que llegaron los guerreros. Los guerreros les invadieron desde el mar y aunque no tenían magia, trajeron un arma consigo que llamaban HIERRO: el hierro era lo único sobre lo que la magia no podía actuar. Los guerreros tenían espadas de hierro, escudos de hierro y armaduras de hierro, y ni siquiera la horripilante magia de las brujas podía hacer nada contra este metal.

Primero fueron los guerreros los que lucharon contra las brujas y las extinguieron tras una batalla larga y sangrienta. Nadie lloró por ellas, ya que representaban la magia mala; el peor tipo de todas, la magia que arrancaba las alas a las alondras, mataba por diversión y podía arrasar el mundo y a todos sus habitantes.

Pero los guerreros no se detuvieron ahí. Los guerreros creían que como cierta magia era mala, TODA la magia era mala.

Así pues, los guerreros quisieron deshacerse también de los magos, los ogros y los hombres lobo, de todo ese lío de trasgos buenos y malos que brillaban como estrellitas en la oscuridad, lanzándose hechizos los unos a los otros, y de los gigantes que se movían con pesadez entre los matorrales, más grandes que mamuts y tan inofensivos como bebés.

Los guerreros juraron que no descansarían hasta que hubieran destruido hasta EL ÚLTIMO INDICIO DE MAGIA en todo el bosque oscuro, que se afanaban en talar con sus hachas de hierro para construir sus fuertes, sus campos y su nuevo mundo moderno.

Acabas de entrar en el
IMPERIO DE LOS GUERREROS DE HIERRO

LA MAGIA ESTÁ
PROHIBIDA

en este territorio.

**NADA DE TRASGOS, GIGANTES,
ALIENTOFÉTIDOS, GATOS DE LAS NIEVES,
HOMBRES LOBO, DIENTESVERDES
(NI NINGUNA OTRA CRIATURA MÁGICA).**

**NADA DE VOLAR, OBJETOS ENCANTADOS,
HECHIZOS, MALEFICIOS NI ENCANTAMIENTOS.
NINGÚN TIPO DE MAGIA.**

Y cualquier mago que acceda
a estas tierras correrá la mala fortuna
de ser decapitado.

Por orden de su majestad,

Reina Sychorax

REINA SYCHORAX, REINA DE LOS GUERREROS DE HIERRO

Esta es la historia de un joven mago y una joven guerrera que, desde que nacieron, fueron instruidos para odiarse a muerte.

La historia empieza con el descubrimiento de
UNA PLUMA NEGRA GIGANTE.

¿Puede ser que los magos y los guerreros hayan estado tan enfrascados luchando los unos contra los otros que no se hayan dado cuenta del retorno de un antiguo mal?

¿Esa pluma podría pertenecer a una bruja?

¿Podría ser la pluma de una bruja de verdad?

La brujipluma

Soy un personaje
   de esta historia...
que LO ve todo
y lo sabe todo.
   No te diré quién
soy; a ver si
      LO ADIVINAS.

La historia empieza aquí.
(No te pierdas.
Estos bosques son peligrosos.)

PRIMERA PARTE

Desobediencia

1. Una trampa para atrapar a una bruja

Era una noche cálida de noviembre, demasiado cálida para las brujas, o eso decía la leyenda. Supuestamente, las brujas se habían extinguido, pero Xar había oído hablar de cómo apestaban y ahora, en la tranquilidad del bosque oscuro, imaginó que podía oler un leve pero inequívoco tufo a pelo quemado mezclado con ratones putrefactos y un regustillo a veneno de víbora; cuando lo hueles ya no lo olvidas jamás.

Xar era un joven humano y salvaje que pertenecía a la tribu mágica. Se encontraba montado a lomos de un gato de las nieves en una parte del bosque tan oscura, retorcida y enredada que se llamaba Bosquimalo.

No debería estar ahí, pues el Bosquimalo era territorio de los guerreros, y si los guerreros lo atrapaban… bueno, como todos decían: matarían a Xar nada más verlo. «¡Que le corten la cabeza!» Esa era la simpática tradición de los guerreros.

Sin embargo, Xar no parecía preocupado, ni lo más mínimo.

Era un chico alegre y desaliñado con un enorme tupé que le salía de la frente hacia arriba como si se hubiera topado por accidente con un huracán invisible.

El gato de las nieves que montaba se llama

Xar (pronunciado «Zar») cabalga a lomos de un lince gigante

Gatorreal, una noble criatura que tenía la forma de un lince gigante, demasiado señorial para tener un dueño tan insolente. Gatorreal tenía unas zarpas redondas que parecían ilusorias, un pelaje tan espeso que era como la nieve en polvo y un color gris plateado tan intenso que era casi azul. El gato de las nieves corría muy rápido pero con suavidad, a través del bosque; sus orejas de puntas negras giraban de un lado a otro mientras corría, pues estaba asustado, aunque era demasiado orgulloso para demostrarlo.

Aquella mañana, el padre de Xar, Encanzo el Encantador, rey de los magos, había recordado a todos los magos que tenían prohibido poner un solo dedo del pie en el Bosquimalo.

No obstante, Xar era el niño más desobediente del reino de los magos desde hacía cuatro generaciones y las cosas prohibidas solo lo alentaban.

La semana pasada:

Xar había atado entre sí las barbas de dos de los magos más ancianos y respetables cuando estaban durmiendo durante un banquete. Había vertido una poción de amor en el comedero de los cerdos, de modo que estos se volvieron locos de amor con el profesor menos favorito de Xar y lo siguieron allá donde fuera, emitiendo gritos con entusiasmo y ruidos de besos.

Había quemado sin querer los árboles occidentales del campamento mágico.

Gato de las nieves asustado examinando un claro perfectamente seguro →

La mayoría de estas cosas no habían sido completamente intencionadas, digamos. Xar se había dejado llevar por la euforia del momento. Y aun así, ninguna de estas desobediencias habían sido la mitad de malas de lo que Xar estaba haciendo en aquel momento.

Un gran cuervo negro sobrevolaba la cabeza de Xar.

—Es una idea malísima, Xar —le dijo. El cuervo parlante se llamaba Caliburn y podría haber sido un pájaro precioso, pero por desgracia se ocupaba de que Xar no se metiera en problemas y la carga de esta misión imposible hacía que se le cayeran las plumas—. No es justo poner en peligro a animales, trasgos y jóvenes magos…

Como hijo del rey Encantador y muchacho de gran carisma personal, Xar tenía innumerables seguidores. Una manada de cinco lobos, tres gatos de las nieves, un oso, ocho trasgos, un gigante enorme llamado Apisonador y un grupito de otros jóvenes magos; todos seguían a Xar como hipnotizados, tiritando y asustados por más que fingieran no estarlo.

—Eh, te preocupas demasiado, Caliburn —dijo Xar, que hizo parar a Gatorreal y se bajó de su espalda—. Mira este claro tan bonito y encantador… ¿Ves? Es COMPLETAMENTE seguro, como el resto del bosque.

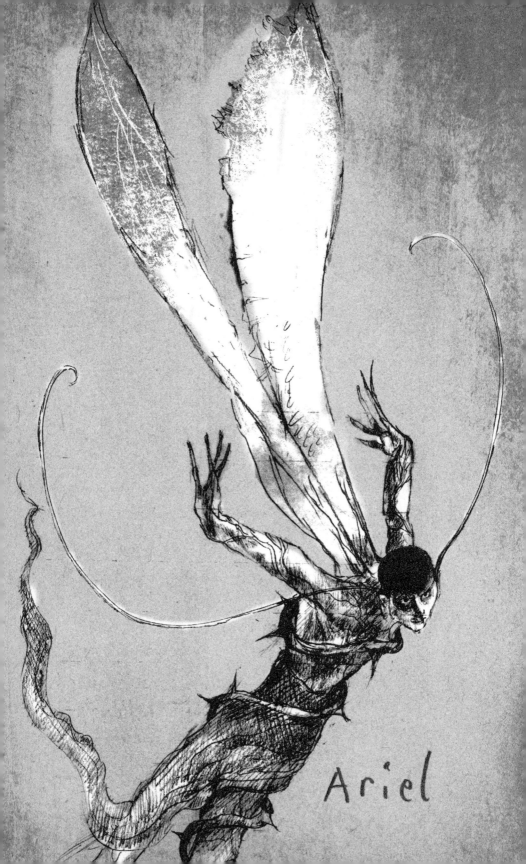

Ariel

Espachurro →

Xar miró a su alrededor con una satisfacción
despreocupada, como si se hubieran detenido en
un encantador valle del bosque lleno de conejitos
y cervatillos revoltosos y no en un pequeño claro
escalofriante y espeluznante donde los tejos se inclinaban
de forma amenazadora y el muérdago colgaba como las
lágrimas de un hechicero.

Los otros magos desenvainaron las espadas y a los
gatos de las nieves se les puso el pelaje de punta; tan
asustados estaban que parecían enormes bolas de pelo
blanco. Los lobos caminaban sin cesar intentando formar
un círculo protector alrededor de
los humanos.

Insectorro

Solo los trasgos más
pequeños compartían el entusiasmo
de Xar, pero era porque también
eran demasiado jóvenes e inexpertos.

No sé si alguna vez has visto a un
trasgo, así que mejor será que te los describa.

Había cinco trasgos grandes, todos algo parecidos
a humanos mezclados con algún insecto feroz y elegante.
Cuando estaban molestos o aburridos —que era a
menudo—, brillaban de forma intermitente como las
estrellas y les salía un humo morado de las orejas.
Eran tan transparentes que les podías ver latir
el corazón.

El
bebé

25

Luego había tres más pequeños, más jóvenes, que, como aún no eran adultos, se los conocía como duendecillos peludos o duendeludos. El preferido de Xar era una cosita pequeñita, vivaracha y algo tonta llamada Espachurro.

—¡Ay, es precioso! ¡Es precioso! —chillaba Espachurro—. ¡Es el claro más trepidante y precioso que yo ver jamás! ¿Cuál es esta flor fascinteresante? ¡A ver si lo adivino! ¡Es un ranúnculo! ¡Una margarita! ¡Un gerángulo! ¡Una coliflor!

Voló hacia las ramas más altas de un árbol bastante sombrío y siniestro y se posó en el borde de una de sus flores carnosas, que tenía espinas amenazantes al final de los pétalos. De hecho, se llamaba planta cometrasgos. La flor se cerró en un chasquido con la rapidez de una trampa para ratones y capturó al pobre Espachurro.

Caliburn aterrizó en el hombro de Xar y suspiró con pesadez.

—No me gusta decir «te lo advertí» —dijo Caliburn—, pero llevamos poco más de treinta minutos en este claro perfectamente seguro del Bosquimalo y una planta carnívora ya se ha zampado a uno de tus seguidores.

—Tonterías —rezongó Xar, cordial—. No se lo ha zampado. Ser un líder es eso. Cada vez que uno de mis seguidores se mete en líos yo los rescato, porque eso es lo que hace un líder.

Xar trepó por el árbol y, a sesenta metros,

Mmm. ¿Cuál
es esta flor
fascinteresante?

meciéndose como podía de un par de ramitas,
desenvainó su cuchillo y abrió de un tajo la
planta cometrasgos para liberar al pequeño
y jadeante Espachurro… justo a tiempo.

—¡Yo soy bien! —chilló Espachurro—. ¡Soy BIEN!
No me siento la pata izquierda, ¡pero soy bien!

—¡No te preocupes, Espachurro! Son los jugos
digestivos del cometrasgos; ¡volverás a sentirla dentro de
unas horas! —gritó Xar mientras bajaba del árbol—. ¿Ves?
¡Soy un gran líder! Quedaos conmigo y estaréis a salvo.

Los jóvenes magos parecían muy pensativos.

En aquel momento, el hermano mayor de
Xar, Saqueador, salió de entre las sombras,
sentado a horcajadas sobre un gran lobo gris.
Lo seguían aún más trasgos, animales
y magos que al propio Xar.

Xar se puso tenso porque odiaba a
su hermano mayor.

Saqueador era mucho más grande que Xar. Era casi tan alto como su padre, la magia se le daba estupendamente, era guapo y listo… y vaya si lo sabía. Era el mago más petulantemente petulante que puedas imaginar y a veces se chivaba de Xar para meterlo en problemas.

—¿Qué estás haciendo tú aquí, Saqueador? —le espetó Xar, receloso.

—Ah, solo te seguía para ver qué cosa increíblemente estúpida e inútil hacía mi repelente hermanito esta vez —dijo él arrastrando las palabras.

—¡Los grandes líderes como yo no hacen expediciones inútiles! —Xar estaba que echaba humo—. Estamos aquí por un MOTIVO. No es asunto tuyo, pero…

Saqueador y Xar

Xar se planteó mentir a Saqueador sobre lo que estaba haciendo, pero no pudo resistirse a presumir.

—Vamos a cazar una bruja —alardeó con orgullo.

Ayyyyyy, madre. Ay, madre. Ay, madre. Ay, madre.

Esa era la primera vez que Xar revelaba a sus seguidores el propósito de la expedición y no les gustaban nada esas noticias.

¡Una bruja!

El oso, los gatos de las nieves y los lobos se quedaron inmóviles y luego empezaron a estremecerse. Incluso Ariel, el trasgo más salvaje y menos miedoso de Xar, se alzó en el aire y desapareció un instante.

—Ahora hay brujas en esta parte del Bosquimalo, lo sé —susurró Xar entusiasmado, como si la bruja fuera una especie de regalo encantador que ofrecía a su gente.

Hubo un silencio largo y entonces Saqueador y sus seguidores magos empezaron a reír. No paraban de reír; lo hacían una y otra vez.

—Venga ya, Xar —dijo Saqueador al fin, cuando recobró el aliento—. Hasta tú sabes que las brujas se extinguieron hace siglos.

—Sí, ya —dijo Xar—, pero ¿y si alguna sobrevivió y lleva escondida todo este tiempo? ¡Mira! ¡Ayer mismo encontré esto en este claro!

Sacó con cuidado una pluma negra gigante de su morral.

Era enorme, como la pluma de un cuervo pero

mucho mucho más grande. Tenía la punta de un color negro que se degradaba y se convertía en un tono verde oscuro y brillante; como la cabeza de un ánade real, vaya.

—Es la pluma de una bruja… —susurró Xar.

Saqueador esbozó una sonrisa con aire de superioridad.

—Solo es la pluma de algún ave vieja y grande —se mofó—, de algún cuervo gigante. En el Bosquimalo viven cosas muy raras.

Xar frunció el ceño y se colgó la pluma del cinturón.

—Pues nunca he visto un pájaro tan grande como parece serlo este —repuso él de mala gana.

—Tonterías. —Saqueador sonrió—. Solo un descerebrado como tú no lo sabría. Destruyeron a las brujas para siempre.

Caliburn voló y aterrizó en la cabeza de Xar.

—Para siempre son unas palabras que duran mucho —dijo el cuervo.

—¿Ves? —dijo Xar, triunfante—. Caliburn es un pájaro vidente que puede ver el futuro y el pasado ¡y no cree que las brujas hayan desaparecido para siempre!

Cazaremos a una
BRUJA

—Solo sé que si las brujas no se hubieran extinguido, por el motivo que fuera, no querrías encontrarte a una en un lugar oscuro —dijo Caliburn temblando—. ¿Para qué quieres una bruja, Xar?

—Voy a cazarla —dijo Xar— y a quitarle su magia para usarla yo mismo.

Hubo otro silencio aterrador.

Al final, Saqueador dijo:

—Ese, hermanito, es el peor plan que he oído nunca en toda la historia de los planes.

—Estás celoso porque TÚ no lo habías pensado —dijo Xar.

—Tengo un par de preguntas —dijo Saqueador—. Primero: ¿cómo vas a atrapar a la bruja?

—Para eso está la red —dijo Xar sacando una red de su morral y sosteniéndola en alto. Al menos no se podía negar su entusiasmo—. Uno de nosotros se prestará voluntario para recibir una heridita y entonces la sangre atraerá a la bruja…

uh
oh,

uh
oh,

uh
oh...

—Ah, estupendo. —Saqueador volvió a sonreír—. ¿Ahora vas a herir a uno de tus tristes seguidorcillos? ¿En un bosque lleno de hombres lobo rabiosos y alientofétidos olfateasangres? Venga ya, estás loco de remate… Este plan es tan patético como tú…

Xar no le hizo ni caso.

—Y entonces enredaré a la bruja en esta red cuando ataque. Siguiente pregunta.

—Vale. Segunda pregunta —dijo su hermano—. Ningún mago viviente ha visto jamás a una bruja, así que ¿cómo sabes qué aspecto tienen?

Xar abrió su morral y sacó un libro del tamaño de un gran atlas titulado *Libro de hechizos*.

Todo mago tiene un libro de hechizos que se le da al nacer. El de Xar estaba desgastadísimo. Una parte era totalmente invisible porque se había caído en una poción de invisibilidad; otra estaba tan quemada que apenas se podía leer —ocurrió cuando Xar incendió el campamento mágico— y muchas páginas estaban sueltas y se caían por todos lados… Demasiadas aventuras para enumerarlas aquí y ahora, vaya.

Xar abrió el libro en la página de «Contenido», que tenía las veintiséis letras del alfabeto escritas en una caligrafía dorada grande y antigua. Xar deletreó «brujas» tamborileando cada caligrafía, y fiuuuuuuuu, el libro empezó a pasar las páginas; parecía no tener fin, los primeros capítulos se volvían invisibles mientras el libro pasaba las hojas como si fuera una baraja de cartas interminable, hasta que al fin se detuvo en el sitio exacto.

—Qué raro… no dice cómo son… Pero son verdes, creo —dijo Xar.

Alguien creía que las brujas se podían hacer invisibles y su sangre era ácido. Otro, que expulsaban esa sangre por los ojos.

—Estoy seguro de que reconoceré una cuando la vea —dijo Xar, cerrando el libro de hechizos con impaciencia—. Se supone que dan bastante miedo, ¿no?

—Son increíblemente horrorosas —dijo Caliburn con seriedad—. Las criaturas más terroríficas que jamás han pisado la tierra…

—Y aunque caces a la bruja, ¿cómo la obligarás a deshacerse de su magia? —preguntó Saqueador—. Me imagino que esas brujas invisibles escupesangre-ácida-y-verde, esas criaturas, las más aterradoras que jamás han pisado la tierra, no desistirán de su magia si se lo pides por favor…

—Ajá, eso ya lo he pensado —dijo Xar con astucia.

Se puso un par de guantes con un gran gesto teatral, buscó en su morral y sacó… una cacerola pequeña.

Silencio otra vez.

—Te das cuenta de que es una cacerola, ¿no? —preguntó Saqueador.

—No es una cacerola normal —dijo Xar con ingenio. Y entonces respiró profundamente antes de dar una noticia impactante—: Esta cacerola en concreto está hecha de HIERRO…

La mayoría de los magos dieron un paso atrás, horrorizados. Los trasgos chillaron, alarmados. Solo Saqueador se negó a parecer impresionado.

De hecho, se rio tanto que su hermano pensó que se iba a caer al suelo.

—Qué bueno… ¡Piensas luchar contra una bruja con una cacerola! —se burló—. No eres un «gran líder», Xar; eres un mentiroso, un pardillo, nuestro padre se avergüenza de ti y ahora sé por qué estás tan interesado en robar la magia a una bruja. Esta noche hay un concurso de encantamientos en la fiesta de invierno y TÚ no sabes hacer magia… XAR NO SABE HACER MAGIA… —Se rio.

Xar se puso colorado, primero de vergüenza y, después, de rabia.

Que todavía no supiera hacer magia era una de esas

¡¡HIERRO!!

Esta cacerola es de HIERRO

heridas ocultas que no quieres que vean los demás. Los niños magos no nacían con magia; la magia aparecía cuando cumplían los doce años. Xar tenía trece y su magia todavía no había aparecido.

Había intentado hacer magia. Lo había intentado horas y horas —cosas muy sencillas, como mover objetos con la mente—. Sin embargo, era como si le faltara algún músculo.

—Relájate —le decían—. Relájate y ocurrirá.

Pero era como intentar mover algo con unos brazos que no existían.

Y hacía poco se había empezado a preocupar… ¿Y si NUNCA ocurría? Era una desgracia poco probable, pero qué deshonra para toda la familia si un hijo del rey Encantador NO TENÍA MAGIA.

Se le revolvía el estómago de pensarlo.

—Pobrecito Xar… —canturreó Saqueador con crueldad—. Se cree un niño grande, pero no sabe hacer magia…

—Mi magia LLEGARÁ, pero juro que mientras tanto… —espetó con los ojos tan apretados por la rabia

Xar, tranquilo...
Autocontrol...
No pierdas los nervios.

¡Por otro lado...

que apenas lograba ver—, JURO que atraparé
a una bruja y le sacaré tanta magia que te amargaré
la existencia, Saqueador...

—Ah, ¿sí? —Saqueador sonrió. Cogió su morral y sacó una de sus varitas. La varita de un mago tenía más o menos el tamaño de un bastón y los magos concentraban toda la magia a través de ellos.

—¡Tu hechizo no funcionará conmigo si llevo HIERRO encima! —rugió Xar, que echó a correr hacia Saqueador para darle con la cacerola.

Y era verdad, sí, pero, por desgracia, en la carrera Xar tropezó con una gran maraña de zarzas y sus manos enguantadas perdieron el agarre de la cacerola, que salió volando sobre la cabeza de Saqueador hacia el matorral.

Saqueador apuntó con su varita hacia Xar y susurró por lo bajo un hechizo. Tembló mientras la magia se agitaba por su cuerpo y pasaba de su mano a la varita que, a su vez, se concentró en un rayo de magia cálido y feroz que explotó en el extremo y acabó alcanzando las piernas de Xar.

Xar se quedó inmovilizado, con los pies pegados al suelo por el hechizo de su hermano.

—¡JA, JA, JA, JA, JA! —rieron los seguidores de Saqueador.

—¡DESHAZ EL HECHIZO! —gritó Xar, que se esforzaba por mover los pies, pero era como si se hubieran vuelto de plomo.

—No, creo que no… —dijo su hermano con una sonrisa.

Xar se puso furioso. Chasqueó los dedos.

¡MIAAUUUU!

Sin que nadie pudiera parpadear o pensar siquiera, Gatorreal se abalanzó sobre Saqueador, con las fauces abiertas; seis kilos de una máquina de matar verde grisáceo. Saqueador gritó aterrorizado, inmóvil contra un tronco, mientras miraba horrorizado la cara grande y terrorífica del gato a escasos centímetros de la suya y lo que parecían cuatro cuchillos de cocina que se hundían en su hombro. La sangre empezó a manar.

Ninguno de los trasgos o animales de Saqueador tuvo tiempo de moverse o protegerlo.

—Un chasquido más —espetó Xar— y Gatorreal te arrancará la cabeza.

—¡Tramposo! —jadeó

Saqueador—. ¡Has hecho trampa! ¡No puedes usar uno de tus animales para atacar a un compañero mago!

—¡DESHAZ EL HECHIZO! —gritó Xar.

Saqueador estaba tan enfadado como el propio Xar, pero ¿qué podía hacer?

Apuntó con su varita hacia su hermano y deshizo el hechizo para que este pudiera mover los pies; entonces Xar hizo una señal a Gatorreal para que lo soltara.

—Estás loco… loco… —dijo Saqueador con rabia mientras Gatorreal lo soltaba; se vio las heridas sangrantes en el hombro—. Tu animal me ha MORDIDO. Como te ATREVAS a apuntarte a esa competición de hechizos, te ANIQUILARÉ…

Saqueador se giró para gritar a los seguidores de Xar:

—¿Quién quiere venir CONMIGO en vez de quedarse aquí con este loco y su estúpida trampa para brujas?

Uno a uno, los seguidores de Xar se fueron alejando de él para seguir a su hermano. Se montaron en sus lobos o gatos de las nieves y murmuraron cosas como «Lo siento, Xar… Esto es una locura incluso para ti…» y «Si las brujas no se han extinguido, son magia negra, Xar… No deberíamos estar aquí».

—¿Ves? —se jactó Saqueador, triunfante—. Un gran líder debe tener alguien a quien poder liderar y nadie quiere seguir a un tarado sin magia. Buena suerte para encontrar a la bruja, pardillo.

Y entonces Saqueador se montó sobre su lobo, seguido de casi todos los demás magos.

—¡Cobardes! —bramó Xar, casi llorando de rabia. Corrió hacia el matorral para intentar recuperar la cacerola y agitó el puño a sus espaldas—.

¡OS LO ENSEÑAREMOS!
¡CAZAREMOS A LA BRUJA, LE
QUITAREMOS LA MAGIA Y
ENTONCES TENDREMOS TANTA
QUE VOLAREMOS SIN ALAS!

Xar se giró con un suspiro hacia el resto de sus seguidores desaliñados.

¿Por qué Saqueador tenía que estropearlo todo siempre?

Xar apenas tenía a nadie ahora, solo a tres magos jóvenes cuya magia tampoco había aparecido: una chica llamada Violácea y dos niños, Raudo y Oscuro, este último un muchacho grande con orejas incluso más grandes que había cumplido los diecisiete sin una señal de magia… y a quien le faltaba un hervorcillo.

Buena suerte con encontrar a la BRUJA, pardillo...

—Jopé, me ha dejado con los pardillos —dijo Xar chasqueando la lengua.

—Oye, Xar, eso es un poco injusto —protestó Raudo.

—¿De verdad volaremos sin alas? —dijo Oscuro, moviendo sus grandes brazos arriba y abajo.

—Pues claro —prometió Xar frotándose las manos con entusiasmo, pues no sabía estarse quieto mucho tiempo—. Esos cobardes lamentarán haberse ido… Oscuro, tú eres el más grande, así que tienes que cavar más —le ordenó—. Raudo, me temo que voy a tener que herirte un poco para atraer a la bruja a la trampa… Si algo va mal…

—¿No dijiste que esta misión era completamente segura? —dijo Raudo, receloso.

—Bueno, nada es COMPLETAMENTE seguro… —Xar cambió de idea enseguida—. La vida es peligrosa, ¿no? Al final, puedes morirte solo por trepar a un árbol como casi me ha pasado hace un momento.

—¡Esto no es precisamente trepar a un árbol! —farfulló Caliburn desde arriba cuando los tres jóvenes magos obedecieron las órdenes de Xar—. ¡Esto es invadir a propósito el territorio de los guerreros para intentar poner una trampa que atrape al ser más siniestro que ha pisado jamás este planeta!

Caliburn suspiró. Nadie lo oía.

Se posó inflexible en una rama del árbol con la

cabeza bajo el ala como si, mientras la tuviera allí escondida, mientras no pudiera ver el futuro, este futuro no llegaría.

Sin embargo, el viejo pájaro sabía que aquello no funcionaría, por supuesto.

Nocturnojo

Los trasgos de Xar

Destiempo

Tormenta

Espachurro

Pensamiento

Insectorro

Fuegofatuo

Ariel

2. Una guerrera llamada Wish

Mientras tanto, un robusto y aterrorizado poni guerrero con dos jóvenes guerreros sentados en su lomo había salido en secreto de la fortaleza de hierro al cobijo de la oscuridad.

Se suponía que los guerreros no debían abandonar la fortaleza después del anochecer porque estaban atemorizados por la magia que habitaba en el bosque.

La fortaleza de hierro de los guerreros era el fuerte más grande que puedas imaginar, con trece torres de vigilancia y rodeado de siete enormes fosos cavados en la colina. ¡Qué miedo debían de tener los guerreros a todo lo relacionado con la magia para haber construido una fortaleza tan majestuosa, blanca como el hueso, con pequeños ventanucos estrechos como el guiño de un gato malvado!

Sin embargo, este poni guerrero en particular había conseguido salir a hurtadillas sin que lo descubrieran los nerviosos centinelas que hacían ruidos metálicos mientras caminaban por las murallas de la fortaleza. Quizá, solo quizá, estos guardias tuvieran razón al examinar con preocupación la interminable maleza verde que los rodeaba y engullía, contemplando, observando y luchando por ver lo que podía haber fuera.

Porque algo MALVADO espiaba al poni desde lo alto de las copas de los árboles.

Sin embargo, es demasiado pronto para saber qué era ese *algo*.

Muchas cosas malas vivían en el Bosquimalo. Podría ser un gato-monstruo. Podría ser un hombre lobo. Podría ser un rogro (los rogros son como los ogros, pero dan mucho más miedo).

Solo el tiempo nos dirá qué era.

Pero tampoco sorprendía que el poni hubiera captado la atención de ese *algo* porque estaba haciendo demasiado ruido al galopar entre los matorrales. Dando saltos sobre su lomo iban una princesa guerrera delgada y pequeña y su guardaespaldas, Espadín. Ambos llevaban capas rojas sobre su armadura, lo que los hacía resplandecer como estrellas sobre el color verde oscuro del bosque.

Aparte de llevar una gran diana en la coronilla o un cartel que dijera «Comedme, monstruos hambrientos del Bosquimalo», nada podría hacerlos destacar más.

La princesa tenía un nombre muy largo y majestuoso, pero todos la llamaban Wish.

Las princesas guerreras, como es obvio, deberían ser admirablemente altas y aterradoras, como la madre de Wish, la reina Sychorax. Sin embargo, Wish ni daba miedo ni era grande.

Tenía una carita curiosa, demasiado interesada en el mundo que la rodeaba, y su cabello flotaba en el aire como si tuviera una pizca de electricidad estática y no se hubiera dado cuenta. Llevaba un parche negro en el ojo derecho y parecía estar buscando algo con el otro.

—No podemos salir por aquí durante el día, ¡mucho menos por la noche! —dijo Espadín, el guardaespaldas, mientras miraba alrededor con nerviosismo. Espadín no era el guardaespaldas habitual de esta extraña princesa. El verdadero había cogido un desagradable catarro otoñal.

Espadín había accedido al puesto codiciado como sustituto del guardaespaldas real, a pesar de tener solo trece años, porque era muy estudioso y había sido el primero de su clase en los exámenes de Artes Avanzadas de los Guardaespaldas.

Sin embargo, esta era la primera vez que hacía ese trabajo de verdad y lo estaba encontrando mucho más duro de lo que había pensado.

Para empezar, la princesa no hacía lo que se le decía.

Y aunque estudiaba mucho, en realidad a Espadín no le entusiasmaba la idea de pelear y se le revolvía el estómago al pensar que pudiera encontrarse en una situación real en la que tuviera que usar la violencia.

—Aquí fuera puede haber hombres lobo, gatos-monstruo o gigantes —dijo Espadín—, por no hablar de osos y jaguares y magos y alientofétidos… Hasta los enanos pueden volverse chungos cuando salen a cazar en grupo.

—¡Vamos, no seas tan pesimista, Espadín! —contestó la princesa—. Volveremos en cuanto encontremos a mi mascota. Además, todo esto es culpa tuya. La asustaste cuando dijiste que la ibas a descubrir ante mi madre. Le entró miedo y se escapó.

—¡Solo quería evitar que te metieras en más problemas! —dijo Espadín—. No se te permite tener mascotas. Va en contra de las reglas guerreras.

Espadín creía de verdad en las reglas. Esperaba pasar de guardaespaldas a defensor de la casa y eso no se conseguía incumpliendo las normas.

—Y, sobre todo, no se te permite tener ese tipo de mascotas.

—Debe de tener mucho miedo —dijo Wish, preocupada—. No podemos dejar que huya entre los horrores del Bosquimalo, sola y asustada. Quizá la estén persiguiendo unos tibucones delirantes o algo… ¡Ajá! —dijo con un tono de alivio triunfante—. ¡Aquí está!

Tiró de las riendas del poni para que se detuviera y cogió algo que se escapaba entre los matorrales.

—¡Gracias a Dios! —Acarició con delicadeza eso, fuera lo que fuese, y lo arrulló como si le dijera: «No te preocupes, todo va a ir bien, ahora estás a salvo, estás conmigo…». Lo susurró con el tipo de sonido que calmaría a un perro, gato o conejo muerto de miedo que hubiera estado corriendo solo a través del Bosquimalo después de la puesta de sol de otoño.

Pero la mascota no era ni un perro, ni un gato ni siquiera un conejo.

¡AJÁ! ¡Aquí está!

—¡Tu mascota es una cuchara! —se quejó Espadín.

El guardaespaldas estaba en lo cierto: la mascota era una cuchara sopera de hierro.

—Así es —dijo Wish, como si acabara de darse cuenta, y volvió a subirse al poni y secó la cuchara con el extremo de la manga.

—¡Y esa cuchara está VIVA, princesa, viva! —dijo Espadín, que sintió un escalofrío de miedo al mirarla—. Eso significa que es un objeto encantado mágico terminantemente prohibido. ¿No has visto los carteles por toda la fortaleza guerrera? ¡Nada de magia! ¡Nada de objetos encantados! ¡Nada de animales en el interior! Se debe denunciar todo lo que sea mágico a una autoridad superior para que se hagan informes y se deshagan de su magia.

—No sé yo si es muy mágica —dijo Wish, esperanzada—. Es solo un poco flexible…

—Pues claro que es mágica —gritó Espadín—. Las cuchara

Tu mascota es una CUCHARA

normales no brincan para que las acaricies, las cucharas normales están quietas y sirven para que te comas la cena. Mira esta. ¡Me está haciendo una reverencia!

—Así es —dijo Wish con orgullo—. ¿A que es lista?

Espadín respiró con fuerza.

—No es ser lista. Es saltarse tantas reglas que no sé ni por dónde empezar. ¿Dónde la has encontrado?

—Apareció un buen día en mi habitación, como un ratón salvaje o algo parecido, así que le di leche, y lleva conmigo desde entonces… Está muy bien porque, antes de que viniera, me sentía un poco sola. ¿Nunca te has sentido solo, Espadín?

—La verdad es que sí —reconoció él—. Desde que saqué tan buenas notas en los exámenes y me nombraron tu guardaespaldas personal, todos los otros guardaespaldas dicen que se me ha subido a la cabeza y ahora no me hablan… Pero… para el carro… ¡Esa no es la cuestión! La cuestión es que si un objeto

Antes de que ella viniera, me sentía un poco sola…

encantado aparece de manera inesperada en la fortaleza guerrera debes decírselo de inmediato a tu madre, la reina Sychorax, para que le quite la magia, ¡y no adoptarla como mascota!

Al mencionar el nombre de la reina Sychorax, la cuchara se balanceó de un lado a otro, muerta de miedo. Luego saltó dentro del chaleco de Wish, se escondió en su armadura y asomó solamente la parte cóncava que le servía de cara, encendida por una extraña y brillante luz mágica.

—Mira, la has vuelto a asustar —contestó Wish—. No creo que quiera que le quiten su magia.

—Es un proceso totalmente indoloro —dijo Espadín.

—Pero no quiere hacerlo —respondió ella.

—Entonces, de acuerdo —dijo Espadín, cruzándose de brazos con determinación—. En ese caso, tienes que soltarla en el bosque y dejarla marchar. Este es su sitio, esta jungla espantosa, llenita de monstruos y cosas mágicas. Esta es su gente. Te lo digo muy en serio, princesa: no puedes llevártela de vuelta a la fortaleza de hierro y no puedes quedártela como mascota. Va en contra de las reglas y te meterás en el peor de los problemas como alguien lo descubra.

Sin embargo, Wish parecía muy triste.

—Pero me identifico con ella porque es como yo, no encaja con las demás cucharas…

—¡No encaja porque está viva, princesa, viiiva!
—la interrumpió Espadín.

—Y todos los demás guerreros no me hacen
ni caso —continuó Wish—. Esta cuchara y tú sois
mis únicos amigos. Si pierdo la cuchara, tan solo me
quedarías tú.

—Bueno, en realidad, yo tampoco puedo ser tu
amigo porque tú eres una princesa y yo, un sirviente,
y las reglas hay que acatarlas —le explicó Espadín.

—En ese caso, si dejo marchar a la cuchara,
perderé a mi única amiga —dijo ella.

—Está bien, Wish. —Espadín estaba tan molesto
que se olvidó de llamarla «princesa». Era el momento de
tener unas palabras serias—. Me caes bien, sé que tienes
buen corazón, pero pensemos en ello: no tienes amigos
porque eres un poco rara y lo raro no gusta mucho en
la fortaleza guerrera. Tienes que intentar ser normal. El
primer paso para conseguirlo es deshacerte de la cuchara
mágica.

Wish lo intentó con un último argumento
desesperado.

—¡Pero si hasta mi madre tiene objetos
encantados! ¿Qué me dices a eso, eh?

Para horror de Espadín, Wish desenvainó una
larga espada tallada. No era una espada normal: tenía el
mango muy sucio y antiguo aunque incluso por debajo
de la suciedad verdosa que lo recubría se veía que tenía

un diseño bonito, con hojas entrelazadas, muérdago y hojas de otros árboles sagrados combinadas por toda su superficie.

En uno de los lados de la hoja estaban talladas estas palabras con un tipo de letra antiguo, elegante y elaborado: ANTAÑO HABÍA BRUJAS… Y al darle Wish la vuelta, en el otro lado habían grabado: … PERO LAS MATÉ.

—¿¡De dónde has sacado esa espada!? —preguntó Espadín asombrado.

—Bueno, pues es bastante extraño, la verdad. La encontré en el patio principal ayer por la tarde. No parecía pertenecer a nadie, así que la cogí.

—¿¡No has oído el anuncio de esta mañana, durante el desayuno, sobre una espada de gran valor que había desaparecido de los calabozos de tu madre!? —dijo Espadín con la voz entrecortada—. ¿¡No has pensado que a lo mejor era ESTA espada!? ¿¡No te has planteado que si cogías cosas que no te pertenecían quizá estabas… ROBANDO!?

—Sí —admitió Wish, que acariciaba la espada con anhelo—. Pero solo iba a quedármela un poco más, fingiendo que era mía. Yo soy tan corriente y ella es tan especial… Sería genial tener algo tan extraordinario, ¿no lo piensas?

—¡No, no lo pienso! Pensar es… ¡PELIGROSO! Los Defensores de la Casa Real están poniendo la

fortaleza patas arriba buscando esta espada y la has...
¡ROBADO! —A Espadín se le salían los ojos de las
cuencas.

—No la he robado, la he tomado prestada. Estaba
a punto de devolverla, pero luego has asustado a la
cuchara y he creído que necesitaríamos algo especial
para protegernos si entrábamos por nuestra cuenta en el
Bosquimalo. Creo que puede ser una espada encantada
—sentenció ella triunfante—. Incluso mi madre tiene
objetos mágicos, así que no pasa nada.

—¡Tu aterradora madre no tiene esa espada de
MASCOTA! —gritó Espadín moviendo sus largos y
delgados brazos—. A tu mascota no la guardas en una
MAZMORRA. ¡Está allí para tenerla a buen recaudo!

Wish miró la espada con una ligera preocupación,
como si eso se le acabara de ocurrir.

—Eeehhh... Sííí... Ahora que lo pienso, tal vez
tengas razón. No parecía pegar mucho con mi madre...
A ella no le gusta nada lo mágico, ¿verdad?

—¿Dónde has estado estos trece años? —gritó
Espadín—. Hay carteles enormes por toda la fortaleza, ¡es
imposible que no los hayas visto! ¡Tu madre DETESTA lo
mágico! ¡Tu madre ODIA lo mágico! ¡Ha jurado no descansar
hasta que se haya DESHECHO COMPLETAMENTE
DE TODA LA MAGIA DEL BOSQUE!

Wish frunció el ceño.

—Sí, aunque tengo que decir que no lo entiendo.

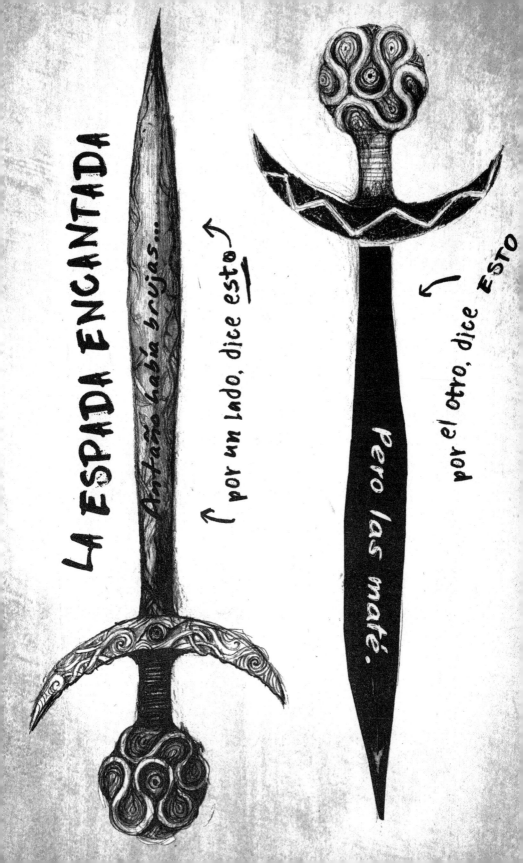

LA ESPADA ENCANTADA

Antaño había brujas...

Por un lado, dice esto

Pero las maté.

por el otro, dice ESTO

Estoy segura de que solo porque ALGUNA magia sea mala, no significa que toda la magia lo sea.

—¡Es que no hace falta entenderlo! —bramó Espadín—. Eres GUERRERA, ¡se supone que no debes hacer preguntas! Es muy muy simple: solo tienes que obedecer las reglas guerreras.

De repente Wish parecía muy desanimada. La cuchara, que estaba de pie sobre su cabeza, se inclinó hacia delante.

—¡Vaya, tienes razón! —dijo la chica con un tono triste—. He vuelto a meter la pata, ¿verdad, Espadín?

—Sin duda alguna —dijo Espadín. Y luego añadió a toda velocidad un «Su Alteza», porque con la agitación de la situación se había olvidado de las reglas guerreras sobre «¿Cómo dirigirse correctamente a la realeza?».

Ese era el problema de estar con Wish. En cuanto pasabas algo de tiempo con ella, acababas saltándote las reglas sin darte cuenta.

—Como mi madre lo descubra, se pondrá como loca, ¿no? —dijo Wish, aún más triste.

—Como un basilisco se pondrá —dijo Espadín, que sintió un pequeño escalofrío al pensarlo.

¡VAYA! He vuelto a meter la pata, ¿verdad, Espadín?

—Ojalá fuera NORMAL como todos los demás —dijo Wish—. Dime, ¿qué hago para arreglar las cosas?

Espadín dio un suspiro de alivio porque parecía que, al fin, la princesa estaba entrando en razón.

—Bien, no estés triste, no está todo perdido —dijo, dándole una pequeña palmada en el hombro para animarla—. No querías hacerlo mal, pero tienes que dejar la cuchara en el bosque AHORA MISMO, devolver la espada a la fortaleza de inmediato y dejar de hacer cosas como esta y comenzar a comportarte como una princesa guerrera normal y... Espera. ¿Qué ha sido eso?

De repente, se oyó un ruido sobre ellos, como si una rama se rompiera al haberla rozado algo.

Habían estado tan ocupados discutiendo que se habían olvidado de que no estaban en la seguridad de la fortaleza guerrera a punto de degustar una cena magnífica —los guerreros estaban muy orgullosos de su comida.

Estaban solos en el Bosquimalo, en mitad de la noche. Y, por primera vez, notaron que los observaban.

Al principio del capítulo he mencionado que algo malvado y peligroso los estaba espiando desde las copas de los árboles en silencio, ¿no?

A Wish le subió una sensación de frío por la espalda que le puso los pelos de punta como las púas de un erizo. Miró alrededor, hacia la oscuridad, hacia los árboles silenciosos de ramas serpenteantes, enroscadas como los dedos más retorcidos de los duendes.

Levantó la vista, pero no pudo ver nada, quizá solo una sombra y un espesor brillante en el aire por encima de sus cabezas, como si el aire estuviera impregnado de algo horrible... Y así era. Y la frialdad que salía del corazón de esa densidad brillante era una frialdad que nunca había sentido. Más fría que la más gélida de las profundidades del océano del norte, más helada que un carámbano y que el Polo Norte, más fría incluso que la propia muerte.

La neblina helada del pasado remoto del bosque penetró en la armadura de Wish y la caló hasta los huesos como la muerte.

¿Eran imaginaciones de Wish o el aire sobre sus cabezas parecía estar SONRIENDO?

Wish bajó la visera del casco. La cuchara saltó sobre su cabeza y olfateó el aire alrededor de ellos. De repente, se puso rígida, como si notara algo terrible... y desapareció dentro de la armadura de Wish para esconderse.

—Corre, poni, corre —chilló Wish, y el poni agotado se puso en marcha con fuerza y echó a galopar, tambaleante y asustado.

Cualquiera que los estuviera viendo hubiera pensado que estaban locos, ya que parecía que estaban

Espadín el Guardaespaldas

huyendo de la nada. Pero, evidentemente, estaba ocurriendo algo muy raro.

Wish y Espadín no veían nada aparte del oscuro cielo nocturno, las estrellas y los árboles, pero, por la forma en que se movían las ramas, una presencia invisible se cernía sobre ellos.

La ráfaga de aire que corría por encima era tan fría que le quemó la frente a Wish y, al galopar el poni cada vez más rápido, el viento que soplaba justo detrás comenzó a hacer un ruido extraño, como Wish nunca había oído sonar al viento.

—¿Lo ves ahora, Espadín? ¿No te alegras de que haya traído la espada? Pensé que la podríamos necesitar —jadeó Wish, intentando contener el miedo.

—¿Alegrarme? ¿Alegrarme? Ahora mismo podríamos estar a salvo ante la cena en el comedor de la fortaleza guerrera… Y creo que hoy había ciervurguesas, que son mis preferidas… ¡Este poni está yendo en la dirección equivocada! —dijo con agitación—. ¡A la fortaleza se va por el otro camino!

Pero lo que fuera que los estaba persiguiendo no parecía querer que volvieran a la fortaleza, por lo que los empujaba cada vez más hacia las profundidades del Bosquimalo.

—¿Alguien sabe que estamos aquí? —gritó Espadín, que había sacado el arco y estaba disparando flechas con desesperación hacia arriba a pesar de que era un tirador horrible y no veía a qué estaba disparando—. ¿Enviarán equipos de búsqueda?

—Me temo que no —respondió Wish, entrecerrando los ojos para adivinar qué los estaba persiguiendo—, o, al menos, no hasta mañana por la mañana. Le he dicho a mi madre que me iba a acostar pronto porque me dolía la cabeza.

—Genial —dijo Espadín—, fantástico. Pues creo que me está entrando a mí el dolor de cabeza... No te preocupes, princesa... No tienes que preocuparte... Estoy aquí para protegerte...

Wish blandió la cuchara hacia lo que fuera que los estaba siguiendo. Quizás era una princesa guerrera algo extraña, pero, desde luego, era valiente.

—¡SERÁ MEJOR QUE NO NOS SIGAS, SEAS LO QUE SEAS! —gritó Wish a la temible nada chillona—. Porque nosotros estamos armados con una... ¡CUCHARA ENCANTADA!

—La espada, princesa —murmuró Espadín a través de sus labios blancos—, la espada da todavía más miedo...

—¡Y UNA ESPADA! —gritó ella, agitando la espada con la mano derecha y la cuchara con la izquierda—. ¡Una espada tan peligrosa que estaba ENCERRADA EN LAS MAZMORRAS DE MI MADRE!

Pero eso parecía animar aún más a lo que fuera que los estaba persiguiendo porque el viento sobre sus cabezas ululó con hambre y se movió aún más rápido detrás de ellos.

—No temas, princesa —gritó Espadín, temblando con tanto nerviosismo que apenas podía cargar el arco—. Es una situación complicada, pero yo te salvaré porque, como guardaespaldas personal de la princesa, me han entrenado en las Artes Avanzadas de los Guardaespaldas.

Desafortunadamente, Espadín descubrió en estos momentos de desesperación que tenía un inconveniente horrible como posible guardaespaldas: padecía una enfermedad que lo hacía quedarse dormido en situaciones de peligro extremo.

Apenas había dicho las últimas palabras de su valiente discurso cuando se derrumbó contra el hombro de la princesa y empezó a roncar con fuerza.

—¡Espadín! —gritó la princesa—. ¿Qué estás haciendo?

Zzzzz, zzzzz.

—¡Espadín! —chilló Wish—. ¡Despierta YA!

Espadín se despertó sobresaltado, murmurando:

—¿Dónde? ¿Qué? ¿Cómo?

—El Bosquimalo… —jadeó la princesa—. Nos persigue… algo terrible… Artes Avanzadas de los Guardaespaldas…

—¡Ah, sí! Me han entrenado cuidadosamente para estas emergencias de vida o muerte —gritó Espadín, poniendo otra flecha en el arco y, por desgracia, quedándose dormido de nuevo en el momento de apuntar. Se inclinó hacia delante y disparó por accidente al pobre poni en los cuartos traseros.

Será mejor que no nos sigas, seas lo que seas! Porque nosotros vamos armados con una...
¡CUCHARA encantada!

El poni relinchó a modo de protesta cuando la flecha le rozó el trasero y luego continuó, desesperado y salvaje, a través del bosque oscuro como la boca de lobo.

El corazón de Wish latía tan rápido como el de un conejo y ni siquiera se daba cuenta cuando las zarzas le hacían jirones la ropa y le provocaban largos y dolorosos arañazos en las piernas.

El animal se topó con un riachuelo gélido y abriéndose paso entre las zarzas, chapoteó en la corriente —a pesar de que la frialdad del agua quemaba como el fuego— con la esperanza de despistar a lo que fuera que los estaba persiguiendo.

El poni salió por el otro lado y corrió a través de la oscuridad.

«Por el muérdago murmurador, no debería haber hecho esto nunca —pensó Wish con miedo—. Por algo la magia está prohibida. Por algo los guerreros no pueden salir después del anochecer. Con razón la fortaleza de hierro guerrera se construyó así.»

El corazón le latía tan fuerte que parecía que se le iba a salir del pecho en cualquier momento.

—¡Más rápido! ¡Más rápido! —rogó Wish tan muerta de miedo que apenas podía respirar. El poni llegó ante un inesperado claro del bosque.

Ahora el ulular del extraño viento tenía un tono distinto, era como el rasguño de la tiza sobre una pizarra: un sonido cada vez más fuerte, como si se estuviera preparando para atacar.

El ruido era casi ensordecedor.

¡ESCRIIIIIIIIIIIIIIIIICH!

Era un ruido único, como si el aire fuera una gran hoja de papel que estuvieran rasgando.

Aterrorizada, Wish levantó la cabeza para hacer frente al ataque con la espada desenfundada…

Un grito humano surgió de algún lugar detrás de ella y…

De repente, todo ocurrió muy rápido.

3. La pluma de la bruja comienza a brillar...

Bueno, estoy empezando a hartarme —dijo Raudo que, fingiendo que lo habían herido, estaba tumbado delante de la red escondida: la trampa para brujas de Xar—. Llevamos aquí horas.

—Haz que tus «socorros» suenen un poco más patéticos —ordenó Xar escondido detrás de un árbol cercano.

—Si quieres, yo podría hacerle daño a Raudo. —Tormenta sonrió enseñando sus colmillitos—. Parece bastante sabroso.

—Estoy bien, gracias —se apresuró a decir Raudo—. Asúmelo, Xar, quizá las brujas se hayan extinguido de verdad, como dicen todos… Se está haciendo muy tarde. Y, para ser sincero, me preocupan más los guerreros que las brujas.

—No te preocupes —dijo Xar con agilidad—. APISONADOR NOS AVISARÍA SI HUBIERA ALGÚN PROBLEMA, ¿VERDAD, APISONADOR?

El trabajo de Apisonador era estar pendiente de la cuerda para tirar fuerte de la red cuando la bruja fuera hasta ellos y mantener la vigilancia. El gigante estaba

muy arriba, por lo que Xar tenía que gritar para captar su atención.

—Mmmm... —dijo Apisonador, reflexivo—. En realidad, haaay un pequeeeño probleeema —admitió, pero Xar no lo oyó porque el gigante estaba lejos y hablaba muuuy leeento. (Los gigantes tienen una escala del tiempo un poco distinta a la del resto del mundo).

Sin embargo, no importaba porque de todas maneras Xar no lo estaba escuchando. El problema en el que Apisonador estaba pensando no se acercaba a la idea de problema de Xar.

Algunas personas pensaban que, como los gigantes hablaban tan despacio, eran estúpidos, pero no podían estar más equivocadas. Los gigantes eran grandes y tendían a pensar a lo grande y, además, Apisonador era un zancador grancaminante, es decir, uno de los pensadores más profundos.

«El problema es este, pues: ¿hay un límite para el universo en expansión o se expandirá para siempre?», pensaba Apisonador.

(¡Ya os he dicho que era un problema muy GRANDE!)

«Si el espacio fuera infinito y las estrellas también, ¿no significaría eso que hay también un número infinito de Apisonadores ahí fuera? ¿Cómo sería eso posible y qué implicaría?», reflexionó el gigante.

Todo esto era muy interesante, pero, por desgracia, quería decir que, aunque Apisonador estaba más o menos pendiente de la cuerda, su mente divagaba entre las estrellas y, por lo tanto, no era consciente de ningún peligro que se estuviera acercando.

Un zancador grancaminante no era el vigilante ideal.

—Solo un poco más, Raudo… —susurró Xar con la mirada brillante—. Hay brujas por aquí, seguro que puedo olerlas…

Xar cerró los ojos y olfateó el aire. Pensó: «Por favor, por favor, dioses de los árboles y el agua… no sabéis lo difícil que es crecer en un mundo lleno de magia cuando tú no la tienes. Todo el mundo se ríe de ti, a todos les das pena… Haced que eso sea una bruja, porque necesito ser mago. Quiero que mi padre esté orgulloso de mí».

Justo en ese momento, los trasgos de Xar surgieron zumbando de la oscuridad y empezaron a dar vueltas alrededor de su cabeza en forma de corona resplandeciente, con los ojos de color rojo brillante y siseando como un avispero:

—Brujasss… brujasss… brujasss…

—Lo sabía —dijo Xar con entusiasmo—. ¡Desenfundad vuestras varitas, trasgos! Preparad los arcos. ¡Están a punto de atacarnos!

—No, qué va… —suspiró Violácea, que estaba

harta de Xar y de sus planes de loco y quería irse a casa—. Las brujas se han extinguido, todo el mundo lo sabe...

Pero Raudo, tumbado en el suelo, notó como el aire a su alrededor se volvía tan frío que se estremeció.

—No te muevas, Raudo —ordenó Xar, animado—. Lo estás haciendo superbién... pareces una víctima de verdad... Engañaremos a las brujas. ¡Apisonador, prepárate!

Silencio.

—¡APISONADOR!

—¿Sí? Creo que he hecho un descubrimiento —anunció Apisonador, sacando la cabeza entre las copas de los árboles, con la lentitud de un caracol en el tiempo humano, pero sorprendentemente rápido en el de los gigantes porque Apisonador estaba entusiasmado—. Me inclino por la idea de que el espacio puede ser... ¡FINITO!

—¡Apisonador! ¡Eso no es importante ahora! Te he dicho que no pienses a lo grande —gritó Xar, porque el proceso de pensar a lo grande hacía que la cabeza del gigante echara humo y ardiera y eso significaba que los guerreros enemigos, los alientofétidos o incluso las brujas podrían conocer su localización exacta desde una distancia considerable—. ¡Nos están atacando! —chilló con desesperación.

—¡Ah! —Apisonador salió de sus fantasías de gigante, recordó dónde estaba y se aferró a la cuerda.

De lo que nadie se dio cuenta por la inquietud del momento fue de la gran pluma negra que colgaba del cinturón de Xar. Si alguien la hubiera mirado en ese momento, quizá se hubiera apercibido de que había empezado a brillar en la oscuridad, no mucho, pero emitía una señal ominosa.

Estoy seguro de que hay alguna explicación científica y razonable para esto...

Pero la pluma de un cuervo nunca haría eso, por muy grande que fuera el cuervo.

4. La trampa para brujas captura algo

D esde el punto de vista de Xar, esto es lo que ocurrió. Él estaba esperando escondido detrás de un árbol, temblando de emoción. Los trasgos empezaron a zumbar cada vez más fuerte, dando vueltas alrededor de su cabeza, chillando:

—¡¡¡Brujasbrujasbrujasbrujas!!!

Xar oyó el golpeteo de unas pezuñas y algo entró galopando en el claro iluminado por la luna, demasiado rápido para detenerlo; algo que, si Xar hubiera podido ver bien, tenía patas de poni, cuerpos humanos en medio y una gran nube borrosa encima.

Pero ¿qué extraño monstruo era este?

Raudo estaba paralizado por el miedo; no se podía mover, le iban a atropellar...

¡SCRIIIIIIIIIICH!

Se oyó un ruido desgarrador, como si la atmósfera fuera un papel que alguien rasgara. Y luego, a Xar le sobrevino el peor olor que puedas imaginar: cadáveres descompuestos, huevos podridos y hombre muerto desde hace seis semanas con pies apestosos y sobacos malolientes, mientras un agudo grito como de quinientos zorros muriéndose se le clavaba en el cerebro y hacía eco en su cabeza hasta que sintió que iba a volverse loco.

«Pero ¿qué está pasando?», se preguntó Xar con la pequeña parte de su cerebro que aún podía pensar.

Raudo se encogió como un pequeño erizo de manera bastante patética y se protegió la cabeza con las manos, como si esto pudiera ampararlo del horror que estaba provocando ese ruido y ese olor.

Xar le gritó a Apisonador y todo ocurrió a la vez.

La nube o el viento ululó más fuerte. A saber qué era eso. Quizá Xar estuviera en lo cierto y era una bruja de verdad... Fuera lo que fuese, gritó hacia abajo y, exactamente al mismo tiempo, los siete trasgos lanzaron sus hechizos con sus varitas, enviándolos al centro del claro, como si fueran una bola ardiente o luciérnagas que se movieran a toda velocidad, y Apisonador tiró como un loco de la red. Hubo una gigantesca explosión...

77

¡BUUUUMMMM!

Xar se tiró en plancha detrás de un árbol para protegerse.

Se oyó un gran chillido.

Algo rebotó por el claro; algo inusualmente grande, oscuro y lleno de plumas, y luego salió con un gemido agudo y desagradable.

Unos nubarrones de humo negro y verde llenaron el claro y Xar se levantó tosiendo.

Su trampa para brujas estaba colgando en el centro del claro y Apisonador no la soltaba por nada del mundo.

Algo forcejeaba con energía en su interior y alrededor de la red había un campo de fuerza, rojo como la sangre, rojo como una llama intensa.

«¿Qué demonios acaba de pasar?», pensó Raudo, tosiendo y atragantándose con los restos de ese olor, incapaz de creer que todavía estuviera vivo.

—Ha funcionado… —jadeó Xar, tambaleándose, sin poder creer en su suerte—. ¡Ay, Dios, HA FUNCIONADO! Lo hemos hecho… hemos capturado a una bruja… Ese es su campo de fuerza. Dejad de atacarla, trasgos, no sirve de nada…

En efecto, los hechizos de los trasgos, que lanzaban chispas, intentaban atravesar el aire rojo intenso, pero el aire se volvía cada vez más rojo y punzante, como espinas vivas y llameantes.

Raudo miró la red, que se estaba moviendo, y tragó saliva, boquiabierto.

—Por el muérdago y todas las plantas trepadoras, quizá Xar lo haya conseguido... ¡Quizás haya capturado a una bruja! Huyamos de aquí...

Raudo se incorporó como pudo, saltó sobre los lomos de su gato de las nieves y salió disparado de allí, al igual que Violácea y Oscuro.

Todos supusieron que Xar los seguiría, pero este era el único chico del mundo lo bastante loco para quedarse en un claro con una bruja de verdad viva.

—¡Eresss INCREÍBLE! ¡MARAVILLOSO! ¡El mejor líder del MUNDO! Eh... y ¿qué hacemosss ahora, jefe? —preguntó Espachurro con nerviosismo.

Hasta Xar tenía miedo en este momento, pero preferiría morir antes que admitirlo delante de los trasgos y los animales.

—Rodead a la bruja —ordenó Xar.

Aunque se quejaron en voz alta, los trasgos rodearon la red formando un círculo en llamas, y Xar se armó de valor para poner un pie detrás del otro y acercarse, con las manos tan sudorosas por el miedo que a punto estuvo de soltar la cacerola.

El olor en el claro era asfixiante, como nadar a través de una sopa ácida y desagradable.

Se colocó debajo de la red, mirando cómo se balanceaba sobre ellos, adelante y atrás, adelante y atrás...

Para su
sorpresa vio las patas
inconfundibles de un CABALLO
asomándose entre los agujeros de la red.

—¡Guau! —susurró Xar—. ¿Quién lo
hubiera dicho? Las brujas no se parecen a los
pájaros, son más como centauros. ¡Muy bien,
bruja! —gritó, intentando que su voz diera miedo
mientras movía la cacerola con la mano temblorosa
en un gesto amenazador—. No hagas ninguna
tontería. Estás completamente rodeada y voy armado
con un instrumento de... ¡HIERRO!

Hubo un corto silencio y, luego, se oyó una voz
leve y temblorosa dentro de la red:

—No soy bruja... Las brujas se han extinguido,
todo el mundo lo sabe. ¿Por qué nos atacáis? ¿Qué
queréis?

—Hombre, claro, una bruja no reconocerá que
es bruja, ¿no? —dijo Xar—. ¡No intentes
engañarme, bruja!

—No pretendo engañarte —dijo la
voz, ahora menos temblorosa pero más
indignada—. Me llamo Wish y no soy bruja.
Y aunque las brujas existieran de verdad, se
supone que son verdes, ¿no? Con la sangre
ácida, plumas y todo eso...

Hubo otra pausa.

—Bien, entonces, ¿qué clase de monstruo eres?
—preguntó Xar—. ¿Eres un centauro o qué?

—No, no —dijo la voz—. Es mi poni. Creo que
se ha desmayado. Mi amigo Espadín y yo paseábamos
por el bosque y algo empezó a perseguirnos de
repente… ¡SOLTADNOS!

¡Carámbanos! Pues al final no era una bruja. Todo lo
que habían hecho no había servido para nada. El abusón de
su hermano mayor había tenido razón desde el principio y
la tarde entera había sido una pérdida de tiempo.

—Libera lo que sea que haya allí, Apisonador —suspiró Xar, abrumado por esa decepción aplastante.

Con lentitud, Apisonador dejó caer la red. El poni no se había desmayado, al pobre lo había alcanzado uno de los conjuros de sueño de Tormenta y cayó al suelo y empezó a roncar con fuerza.

Pero Xar vio que también había personas en la red, una pequeña humana vestida de pies a cabeza con una armadura, que saltó del poni durmiente y salió de la red blandiendo una larga espada tallada y, detrás de esta diminuta humana, un humano un poco más grande, delgado como un palo y también encerrado por completo en una armadura, que se incorporaba como si se acabara de despertar.

Nosotros sabemos que estos dos humanos eran Wish y Espadín —Espadín, el más alto, y Wish, la más pequeña con la espada—, pero Xar nunca había conocido a un guerrero. Y no se podía imaginar que, en esta historia, al igual que él, Wish y Espadín serían héroes.

Solo vio que estos dos humanos llevaban corazas y espadas de hierro, lo que significaba que debían de ser guerreros y a Xar lo habían educado para odiar a los guerreros como al veneno porque eran el enemigo.

«Excelente.»

Tras tambalearse para llegar a donde estaban y tras pasar del miedo al entusiasmo y del entusiasmo a la decepción, Xar estaba considerando enzarzarse en una PELEA cuerpo a cuerpo. Si no podía capturar a una bruja, al menos podía matar a un enemigo.

—¡GUERREROS! —gritó Xar con fiereza, achicando los ojos, cogiendo con fuerza la cacerola y sacándose una pesada vara de roble del zurrón.

—Guerrerosss… Guerrerosss… Guerrerosss… —sisearon los trasgos, volviéndose rojos de ira—. Matadlosss… Matadlosss… Matadlosss…

—Es un MAGO y sus criaturas —gritó Espadín alarmado, señalando hacia Xar y saltando delante de Wish para protegerla—. Y parecen agresivos.

Y sí, lo parecían. Wish miró aterrorizada a su alrededor: los trasgos llameantes, envueltos en fuego por la ira, con llamas que lamían sus largas extremidades y chispas que chisporroteaban por todos lados; los lobos, el oso y los gatos de las nieves que gruñían enseñando los dientes y, muy muy por encima de ellos, la enorme figura del gigante.

Los superaban en un buen número y, además, se suponía que los gigantes comían personas. Los trasgos podían usar su magia para darte una muerte lenta y, con solo un vistazo a esos gatos de las nieves, sabías que podían hacerte pedazos. Wish tenía una espada encantada, pero sabía que no era una espadachina muy buena y, asumámoslo, hasta entonces Espadín tampoco había sido de gran ayuda como guardaespaldas.

No tenían la menor oportunidad.

—No te preocupes, princesa —gritó Espadín con valentía—. Yo me encargo de ellos.

Espadín se sacó la lanza y blandió su espada. Avanzó de manera amenazadora. Observó al gigante y se quedó paralizado por su pose guerrera. Pestañeó dos veces y sus ojos se cerraron, se le desplomó la cabeza hacia delante y muuuuuuy leeeeeentamente se derrumbó como un árbol, partiendo la lanza en dos con la espada al caer. Y allí se quedó con la boca abierta.

Xar miró sorprendido al Espadín caído. ¿Era un truco?

—¡Gatos de las nieves! ¡Lobos! ¡Cubridme! —ordenó. Los animales lo rodearon con el pelaje erizado, listos para saltar—. ¡Oso! ¡Cubre al chico del suelo! ¡Puede que esté fingiendo!

El oso puso una garra enorme sobre el pecho de Espadín y se sentó sobre él.

—¡Trasgos! ¡Dejadme esto a mí! Voy a enseñarles a estos malditos guerreros que nosotros, los magos, sabemos luchar —gritó Xar y se lanzó contra Wish con la cacerola en una mano y la vara en la otra.

Wish bloqueó el golpe de Xar con la espada encantada y estalló la lucha.

Wish descubrió que luchar con una espada encantada lo hacía todo más fácil que luchar con una espada normal. La espada encantada anticipaba el siguiente golpe del cazo o embestida de la vara y se lanzaba hacia ese golpe, arrastrando a Wish con él.

La espada la sacudía hacia un lado y hacia otro; Wish la sujetaba con las dos manos para no soltarla por nada del mundo, como si estuviera colgando del rabo de un toro salvaje.

Caliburn se agitaba con preocupación y revoloteaba sobre las cabezas de los luchadores, chillando:

—¡La espada encantada! ¡Ten mucho cuidado con la espada encantada! ¡No dejes que te toque! ¡Te pasará algo malo!

—¡Una espada encantada! —Xar cogió aire—. ¡Imposible!

¿Cómo podía una guerrera estar luchando con una espada encantada? Los guerreros no usaban magia.

La espada encantada dio una estocada y de un solo golpe desarmó a Xar. Su vara se fue rodando hacia los matorrales, seguida de la cacerola.

—¿Te rindes? —preguntó Wish, sujetando la espada encantada sobre la cabeza de Xar.

—Me rindo —dijo Xar entre dientes.

—No lo creas. Los magos son unos embusteros —gritó Espadín, que se había despertado de su desmayo pero seguía atrapado debajo del oso.

Wish no le hizo ni caso y, en su lugar, se relajó, dio un paso atrás y bajó la espada, lo que fue un error. Espadín tenía razón: Xar no era de fiar.

—¡Gatorreal! ¡Nocturnojo! ¡Atacad! —gritó Xar en cuanto Wish bajó la espada.

Gatorreal saltó y aplastó a Wish contra el suelo. La fuerza del golpe le hizo soltar la espada encantada y, en cuanto lo hizo, el encantamiento desapareció: la espada cayó al suelo del bosque como si estuviera muerta, tan fría y sin vida como una espada normal.

Xar la cogió y los trescientos kilos de lince gigante blanco y azulado de Gatorreal se apoyaron sobre el pecho de Wish y le abrió el casco con los dientes, igual que un cascanueces abre una nuez.

Las dos mitades del casco cayeron y Xar se vio frente a una niña de aspecto extraño con un parche en un ojo.

—¡Es una chica! —dijo Xar sorprendido.

Los trasgos se echaron a reír a carcajadas.

—Una chica ha derrotado a Xar...

Wish miró al gato de las nieves, que no dejaba de gruñir, y a un chico mago que ahora sostenía la espada encantada sobre su cabeza con decisión.

—Y ahora —dijo el chico mago—, ¿te rindes tú?

5. Cuando se cruzan las malas estrellas y los mundos chocan.

—¡No me rendiré! —dijo Wish.

—¡Has hecho trampas!

—Los magos no se rigen por las reglas de los magos —dijo Xar.

—¡Mago tramposo!

—¡Guerrera pendenciera!

—¡Conjurahechizos!

—¡Envenenabosques!

—¡Comeniños!

—¡Destruyemagia! ¡Que te muelan los dientes del Gran Gris en trocitos más pequeños que los ojos de los piojos de una mosca! —le deseó Xar.

Tanto Xar como Wish tenían frío, estaban cansados y se acababan de llevar un buen susto. El miedo se había vuelto rabia —como suele pasar— y empezaron rápidamente a lanzarse los típicos insultos e improperios que se intercambiaban magos y guerreros desde que, siglos atrás, los guerreros invadieron a los magos desde el mar y los dos grupos humanos se enfrentaron en una batalla en los bosques salvajes.

Xar tenía la cara roja por la ira y blandía la espada sobre la cabeza de Wish con actitud tan decidida que Espadín gritó:

—¡NO LA MATES! ES LA HIJA DE LA REINA SYCHORAX Y, SI LA MATAS, ¡LA VENGANZA DE LA REINA SERÁ TERRIBLE!

Xar se quedó mirando a Wish, atónito.

—¿Hija de la reina Sychorax? ¡No puede ser!

La reina Sychorax era una leyenda en el bosque: se la conocía por su crueldad, su altura y su despiadada fuerza guerrera. ¿Cómo iba a ser ese palillo de niña hija de la temida reina Sychorax?

—¡Hija de la reina Sychorax! Mátala, mátala, mátala —decían los trasgos en el aire reptando hacia Wish con los arcos cargados de los maleficios más mortales. Una palabra de Xar y los lanzarían.

Xar siempre había alardeado de que, si alguna vez se topaba con un enemigo, lo mataría al instante.

Pero los alardes eran una cosa. Y matar de verdad a una chiquilla de tu edad que tienes justo delante y está aterrada, aunque finge no estarlo, con una espada que le has arrebatado con trampas... era otra muy distinta. Xar se vio incapaz de hacerlo.

«Mis ancestros lo habrían hecho —pensó Xar con aire de culpabilidad—. Saqueador no habría dudado.»

Pero Xar se detuvo, indeciso.

Y para su sorpresa, se vio atacado por lo que parecía ser una cuchara, que lo embestía feroz y lo golpeaba en la cabeza sin cesar.

—Detendré la cuchara si tú detienes al oso... —dijo Wish jadeando.

Para decepción de los trasgos, que zumbaban como avispones, Xar bajó la espada encantada e hizo una señal al oso, que soltó a Espadín con un gruñido. La cuchara encantada dejó de golpear a Xar en la cabeza, se disculpó con una reverencia y saltó hacia Wish.

El mago y la guerrera se miraron estupefactos, aún hostiles y recelosos, pero también curiosos.

—Soy Wish, hija de Sychorax, reina de los guerreros —dijo Wish—, y él es mi ayudante guardaespaldas, Espadín. ¿Quién eres tú?

—Soy Xar el Magnífico, hijo de Encanzo, rey de los magos —dijo Xar—. Ellos son mis compañeros.

Soy Xar el Magnífico, hijo de Encanzo, rey de los magos

Mis lobos, mi oso, mis tigres de las nieves: Gatorreal, Nocturnojo, Corazonverde. Mi pájaro, Caliburn. Mi gigante, Apisonador. Y mis trasgos: Ariel, Pensamiento, Tormenta, Fuegofatuo, Destiempo.

Los trasgos volaron alrededor de las cabezas de los guerreros y ardieron de forma amenazadora.

—No te olvidesss de nosotrosssssss —chilló Espachurro.

—Ah, sí, estos también son trasgos, pero son tan jóvenes que los llamamos duendes peluditos —dijo Xar—. Insectorro y el bebé…

—Espachurro —susurró Espachurro al oído de Espadín, tan de repente que lo asustó. El roce de su larga

antena le puso el vello de punta y Espadín empezó
a agitar las manos para sacárselo de encima.

Wish suspiró celosa mientas miraba a los
compañeros de Xar, sobre todo los trasgos.

Alargó el brazo para tocar al que Xar llamaba
Espachurro; era una cosita muy curiosa y peludita como
un abejorro.

Y Espachurro la mordió.

—¡Vaya! —dijo Wish mientras se chupaba el
dedo—. Los trasgos son más malotes de lo que esperaba.
Son violentos... y parece que no les caigo muy bien...

—Pues claro que no les caes bien, guerrera
atontada —dijo Xar—. Tu malvada madre caza a
nuestros gigantes y trasgos en trampas terribles y luego
YA NO VOLVEMOS A VERLOS MÁS.

—Pero mi madre no mata a los trasgos que caza
—dijo Wish—; tiene una piedra arrebatamagia en
sus mazmorras. Les quita la magia compasivamente
poniéndolos sobre esa piedra y...

Wish se quedó callada al recordar lo mucho que
se negó a que le quitaran la magia a la cuchara.

—Es un proceso totalmente indoloro... —apuntó
Espadín.

—¿Y crees que eso no los mata? —espetó
Tormenta—. Ya de paso, ¿por qué no arrancarles el
corazón? Un espíritu sin su magia es un espíritu que ha
perdido el alma...

Ay, madre. Wish ya no sabía qué pensar; todo eso sonaba tristísimo.

—Pero la magia es mala para ellos —dijo titubeante— y la usan para maldecirnos… Y los gigantes se comen a la gente… por eso los caza mi madre… eso me ha dicho.

Xar y los trasgos se echaron a reír ante tal demostración de ignorancia.

—¡Los gigantes no se comen a la gente!

Wish miró al gigante con asombro.

Espadín vio con espanto como el gigante se inclinaba, cogía a Wish delicadamente con sus enormes dedos y la levantaba en el aire.

Tendría que haber sido aterrador, pero el gigante se movía tan despacio y sus dedos parecían tan acogedores, que Wish al verse en el aire, cada vez más arriba, hacia las copas de los árboles, solo sintió un entusiasmo inmenso por la nueva experiencia.

—Mira alrededor y mira hacia abajo —dijo el gigante—. ¿Qué te parece importante desde aquí arriba?

Wish se asomó por los dedos del gigante y se quedó sin aliento al ver el mundo desde un punto de vista completamente distinto. El dosel del bosque se extendía kilómetros y kilómetros en todas direcciones y el cielo estaba cuajado de estrellas que no tenían fin. Debajo, los humanos eran chiquititos como trasgos… y los trasgos eran simples motitas de polvo. Uno de los humanos, Espadín, gritaba algo —«¡SUÉLTALA!»—, pero estaba tan lejos que Wish apenas podía oírlo y, desde ahí, su miedo e inquietud le parecían equivocados y desproporcionados.

—El bosque es importante —dijo Wish— y las estrellas…

—Correcto. —El gigante sonrió—. Mírame a los ojos. ¿Tengo pinta de comeeerme a humaaanos?

El rostro del gigante estaba surcado de arrugas y líneas de expresión como senderos en un mapa antiguo; su mirada era amable y muy sabia.

—No —dijo Wish—. La verdad es que no.

—Correcto —dijo él—. A diferencia de los ogros, los gigantes somos vegetarianos.

Apisonador sonrió y arrancó un arbolito. No dejó de sonreír a Wish mientras el árbol entero desaparecía en su enorme boca y masticaba las ramas como si fueran meras ramitas.

—Van… mejooor… para… la… digestióóón —dijo con aire distraído.

Las primeras sombras de duda sobre lo que le habían contado acerca de las criaturas mágicas aparecieron en el rostro de Wish cuando miró la expresión amable del gigante, que se reía a carcajadas por el chiste malo que acababa de contar.

—Apisonador no me parece un buen nombre para ti —dijo Wish.

—Es el nombre corto de Apisonador de Problemas —dijo él.

—¿Estás bien? —gritó Espadín, inquieto.

—Pues claro que estoy bien —dijo Wish mientras el gigante la dejaba en el suelo—. Este gigante no es peligroso…

¿Puede que las creencias de los guerreros sobre la magia estuvieran equivocadas? ¿Habría otra forma de ver las cosas, además de la forma guerrera?

El mundo de Wish había dado un vuelco y esto siempre es un momento difícil.

—No les hagas caso, princesa —dijo Espadín—.

¡Nos han hechizado! Quieren que veamos las cosas desde su punto de vista.

Xar también parecía pensativo.

—Los guerreros quieren destruir la magia. —Frunció el ceño al ver la espada encantada que sujetaba—. Una princesa guerrera no debería tener objetos mágicos, ¿no?

—No, no debería —dijo Espadín—. Hace tiempo que se lo digo.

—Cuidado con esa espada encantada, Xar —apremió Caliburn—. Tiene algo que no me gusta… Lo noto en las plumas.

De repente, mirando la hoja, Xar se dio cuenta de que Caliburn tenía razón: había algo raro en esa espada, algo extraño y fuera de lo común y tan sorprendente que casi se le cayó de la emoción.

—¡Ay, madre, Caliburn! —gritó Xar—. ¡No me lo puedo creer! ¡Es increíble! Ya sé qué le pasa a la espada. ¡Es de hierro! Y la cuchara mágica también. ¡Son hierro y magia mezclados!

¡Increíble!

¡Inconcebible!

—¡Imposible! —gritó Caliburn.

—¿De dónde la sacaste? —preguntó Xar casi sin aliento mientras la examinaba.

—La encontré en un pasillo, pero como es una espada encantada, supongo que salió solita de las mazmorras de mi madre —dijo Wish con el corazón encogido—. No es tuya, Xar. ¡Es de mi madre! Devuélvemela ahora mismo.

Wish quiso cogérsela, pero Xar la apartó deprisa. Nocturnojo se colocó entre ambos y gruñó a modo de advertencia, así que ella no se atrevió a acercarse.

—Un momento… —dijo Xar—. ¿Qué es eso?

Por primera vez, Xar reparó en las palabras grabadas en la hoja:

«Antaño había brujas…».

Se le erizó el vello de la nuca.

Giró la espada y leyó las palabras del otro lado:

«… pero las maté».

Después de «maté» había una flecha que señalaba la punta de la espada, donde había algo brillante: una gota de sangre verde.

Los tres humanos miraron la mancha verde, que humeaba ligeramente.

—¡No la toquéis! —gritó Caliburn.

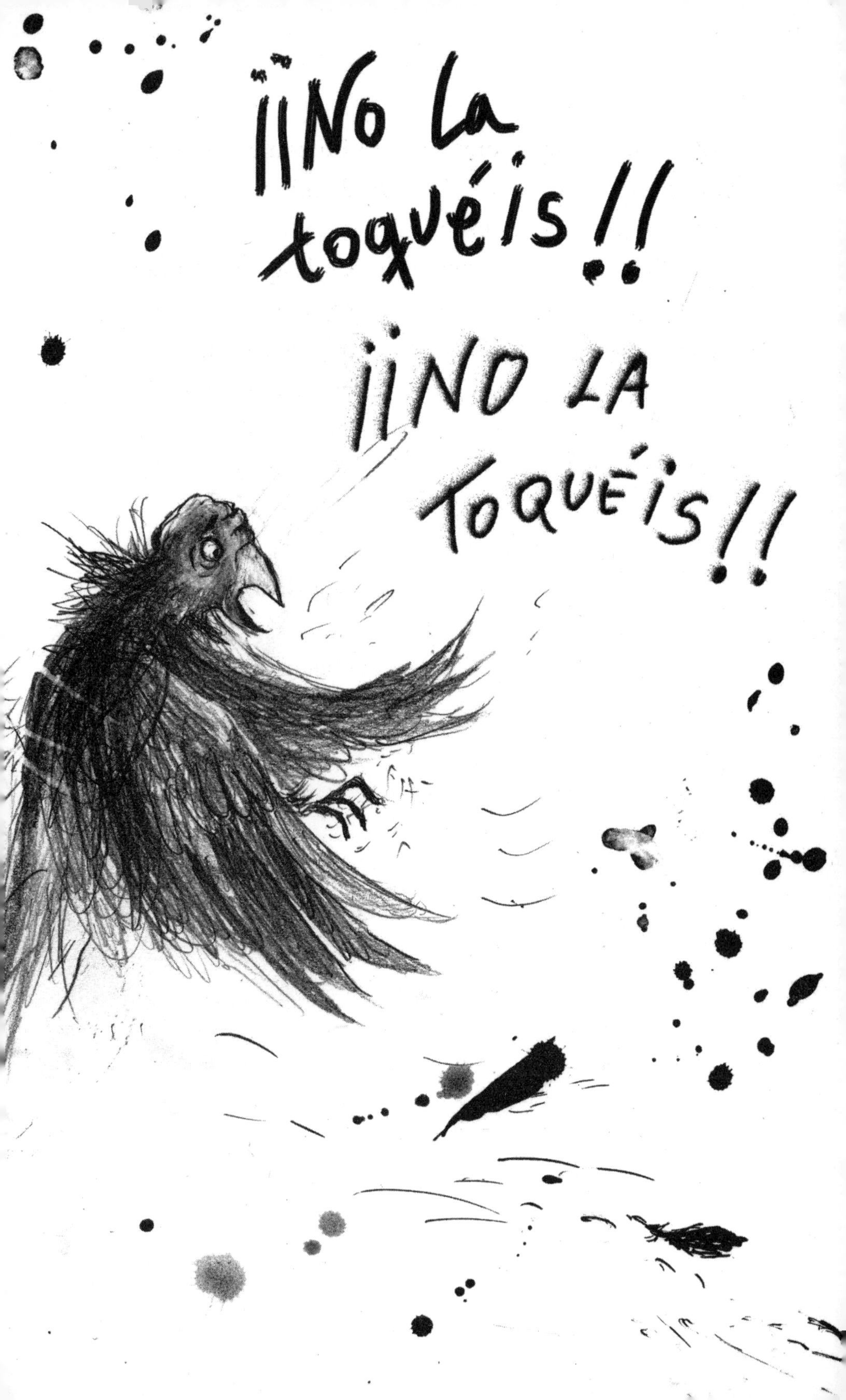
¡¡No la toquéis!!
¡¡NO LA TOQUÉIS!!

6. Ten cuidado con lo que deseas

Los tres jóvenes, el pájaro, los trasgos y los animales miraban horrorizados la gota de sangre verde; Xar también la miraba con cierta emoción.

—¡Sangre de bruja! —dijo encantado.

—¿Cómo que sangre de bruja? —protestó Espadín—. ¡Las brujas se extinguieron!

Pero no se mofó con tanto convencimiento como hubiera hecho de haber estado cómodamente pertrechado tras las siete zanjas que protegían el Fuerte de los Guerreros. Algo había en el Bosquimalo al caer la noche, cuando el pelo de hielo* brota y envuelve las ramitas muertas de la madera, que hacía temer que quizá, y solo quizá, las brujas no se hubieran extinguido.

—Es una espada matabrujas —dijo Xar—. ¡Mira! Lo pone aquí en la hoja. Y encontró la forma de salir de las mazmorras porque notó que las brujas volvían a rondar por el bosque.

—No es posible… —dijo Espadín.

---

* Palabra de los espíritus que significa «finas hebras de hielo que se forman en la madera muerta cuando hiela».

—Aunque sí es cierto —dijo Wish despacio— que antes de que Xar nos atrapara en esa trampa, algo nos perseguía y puede que haya herido a alguien con la espada.

—Te perseguía una bruja y eso es sangre de bruja —dijo Xar sonriendo.

—¡No! Hay muchas cosas con sangre verde —apuntó Espadín—. ¡Gatomonstruos! ¡Alientofétidos! ¡Goblins y ogros de dientes verdes! No puede ser una bruja porque las brujas se extinguieron.

—Probablemente se extinguieron —corrigió Caliburn.

—Ya te digo yo que NO se han extinguido —dijo Xar señalando el centro del claro.

Allí, junto a la trampa para brujas de Xar, había otra pluma negra, una como la de un cuervo, pero mucho más grande.

Xar la recogió del suelo.

Cuando esa pluma se acercó a la otra que colgaba del cinturón de Xar, ambas empezaron a brillar: era un fulgor verde apagado, el fulgor de una magia ominosa. Y cuando Xar la acercó a la punta de la espada, la mancha de sangre también se iluminó como el resplandor de una luciérnaga, pero con un matiz verdoso que asustaba.

—¡Brujas! —dijo Xar con una sonrisa de oreja a oreja.

Se hizo un silencio terrible.

Puede que las brujas hubieran vuelto al Bosquimalo; las criaturas más temibles que habían poblado la Tierra volvían a estar vivas.

Los dos grupos enemigos, animales y trasgos, se acercaron un poco los unos a los otros y miraron alrededor, horrorizados por lo que podría acecharlas por ahí.

—Si eso es sangre de bruja de verdad, cosa que dudo… pero si lo fuera, esa gotita, por pequeña que sea, es peligrosísima. —Caliburn se estremeció—. Xar, límpiala en la corteza de ese árbol antes de que le haga daño a alguien….

—No pienso desperdiciarla… —dijo él—. Tiene que haber un motivo para haber cazado a alguien llamado *Wish*, deseo, en mi trampa para brujas. ¿Qué probabilidades hay de que pase algo así? Quería ser mágico y el universo quiere decirme que me ha concedido ese deseo.

—Tal vez quiera decirte otra cosa. ¡El universo es muy complicado! —gritó Caliburn—. Tal vez te esté poniendo a prueba. Quizá te advierta que no pidas deseos tan tontos como este.

Pero Xar ya no lo escuchaba. El destino le estaba mostrando el camino para extraer la magia de una bruja.

—¡NO TOQUES ESO, XAR! —gritó Caliburn

tan nervioso que se le cayeron varias plumas en una lluvia negra.

—No la toques… no la toques… no la toques… —susurraban los trasgos.

Pero Xar alargó la mano y tocó la punta de la espada, donde la gota de sangre verde seguía brillando.

La frotó una y otra vez, trazando la X de su nombre. Y a partir de ese instante, Xar emprendió un camino distinto; un camino del que sería muy difícil regresar.

—¡Nooooooooo! —imploró Caliburn. Pero ya era demasiado tarde.

Demasiado tarde… demasiado tarde.

La punta de la espada encantada le pinchó en la mano. Xar chilló y se dobló de dolor; con una mano se tocaba la barriga.

Caliburn apartó las alas para destaparse los ojos.

—Ay, Xar, pero ¿qué has hecho?

Xar se incorporó. Tenía la mirada encendida de la emoción, aunque el dolor lo hacía estremecer y sacudía la mano como si se hubiera quemado.

Ay, Xar… No puedo mirar…

Demasiado tarde. La X marca el lugar.

—Demasiado tarde —dijo sonriendo. Al levantar la mano vio que en el centro de la palma se habían mezclado la sangre de bruja con su propia sangre y se había formado una X.

Cuando las malas estrellas se cruzan y los mundos chocan, la X marca el lugar.

—Pero ¿por qué lo ha hecho? —preguntó Wish.

—Quiero usar la sangre de bruja para hacer magia —dijo Xar con seguridad.

—¿Funcionará? —preguntó ella.

—¡No tiene ni la más remota idea! —sentenció Caliburn—. ¿Crees que Xar es de los que piensan las cosas? ¡No sabemos qué es esa cosa verde! Será mejor que no sea sangre de bruja, Xar, porque es peligrosísima. Tal vez puedas usarla para hacer magia, pero podría llevarte al lado oscuro… podrías convertirte en una de las criaturas de las brujas… tu padre perdería su reino…

Caliburn estaba más agitado que de costumbre.

—Aun así reconozco —prosiguió— que seguramente no será sangre de bruja. Hay muchas cosas con sangre verde en el Bosquimalo… Podría ser sangre de hombre lobo y en eso te convertirías.

—¡Demonios! —exclamó Xar, que ahora sacudía la mano con cierta incomodidad—. No se me había ocurrido.

—Lo que sería un fastidio… —apuntó Caliburn—… todo eso de no salir después de medianoche, aullarle a la luna y que te salga un montón de pelo por el cuerpo. Pero no sería el fin del mundo.

—¡Estaría genial! —dijo Espachurro—. Serías peludo como yo. ¡Conviértete en hombre lobo, por favor! ¡Conviértete en hombre lobo!

Pero a Xar no le entusiasmaba mucho lo de convertirse en hombre lobo.

Wish y Espadín dieron un paso atrás, por si acaso.

—Y también puede ser sangre de alientofétido, que no tiene ningún efecto secundario… que sepamos.

Tienes razón —siguió Caliburn—. Miraré el lado positivo. Esperemos que sea sangre de alientofétido, en cuyo caso no deberíamos quedarnos aquí mucho rato porque no olvidéis que los alientofétidos, cuando los hieres, te siguen para recuperar su sangre.

—¿Y cómo lo hacen? —preguntó Espadín, horrorizado.

—Es mejor que no lo sepas. Digamos que están muy apegados a su sangre, así que sus formas de recuperarla no son agradables precisamente.

—Bueno, di lo que quieras, pero yo espero que sea sangre de bruja —dijo Xar, erre que erre—. Pero, aunque no lo sea, sigo teniendo su espada, ¿no? —Se colgó la espada al cinturón.*

—¡La espada no es tuya! —dijo Wish—. ¡Devuélvenosla!

—¿Espada? —dijo Xar, que abrió mucho los ojos fingiendo inocencia—. ¿Qué espada?

—La espada encantada que pertenece a mi madre y que llevas prendida del cinturón —dijo Wish.

—Ah, esa espada —dijo él, saltando a lomos de Gatorreal—. Esa espada me la ha dado el destino, para que pueda ser el chico del destino y liderar a mi gente para luchar contra vosotros. No puedes discutir con el destino.

---

* No es nada recomendable. Las espadas deben guardarse en su vaina, pero Xar no era de los que se preocupaban mucho por la salud y la seguridad.

—¡No te la ha dado el destino! —gritó Wish—.
¡La estás ROBANDO! Devuélvenos la espada, ladrón.

Xar no le hizo ni caso y se volvió hacia los demás:

—Venga, ¡vamos! Tenemos que volver para que pueda ganar a Saqueador en el Concurso de Hechizos.

—Espera, ¿y nosotros qué? —preguntó Wish—. No podemos volver a casa. Los hechizos de tus trasgos han dormido a mi poni.

En efecto, el poni dormía tranquilamente, roncaba en medio del claro.

—Bueno, si no queríais que os pasara nada malo, no tendríais que haber entrado en el Bosquimalo al anochecer —le aconsejó Xar con esa desfachatez tan propia de él.

Y en ese instante se oyeron los cascos de varios caballos y el ladrido de unos perros; los trasgos sisearon, alarmados:

—¡GUERREROS!

Los guerreros de hierro de la reina Sychorax habían localizado al gigante en su parte del Bosquimalo —Xar tenía razón sobre lo de los pensamientos y el humo—, y salieron galopando del Fuerte de los Guerreros para investigar.

—Ahí lo tienes: problema resuelto —dijo Xar a Wish—. Ahora viene tu gente a llevarte a casa.

—Pero nos meteremos en un lío por haber

salido del fuerte sin permiso —dijo ella—. Por favor, ayúdanos a volver sin que nos encuentren.

—No me da tiempo antes de que empiece el concurso —dijo Xar—, pero con gusto dejaré que me acompañes y puedas quedarte en mi cuarto en el campamento mágico.

—¡Eso es ROBO y SECUESTRO! —le espetó Wish, furiosa—. Llévanos al Fuerte de los Guerreros y devuélveme la espada, magicucho.

—A ver, no sé qué tiene que ver todo esto conmigo —dijo él, sorprendido—. ¿Por qué deberían importarme los problemas de un par de guerreros enemigos? Hago lo que puedo, pero eres muy difícil.

Wish había llegado a dudar que los magos fueran tan malos como decía todo el mundo, pero ahora había cambiado de opinión.

—Mi madre tenía razón sobre tu gente —explotó Wish—. Sois tramposos y traicioneros, no tenéis moral y estáis completamente descontrolados y…

—¡Tiene razón, Xar! —pio Caliburn—. El universo te da lo que le des tú a él. Como secuestres a esta chiquilla y le robes la espada, el destino te lo hará pagar: no hagas a los demás lo que no quieras que te hagan a ti o atente a las consecuencias.

—Bueno, pues el universo estará contento al ver que no los dejaré aquí para que los ataquen las brujas. No entiendo por qué no te alegras por mí. —Xar

frunció el ceño—. Es muy egoísta por tu parte. ¡SOY
EL CHICO DEL DESTINO! ¡SOY EL ELEGIDO!
—Se volvió hacia los animales y el gigante—:
¡Nocturnojo! ¡Corazonverde! ¡Apisonador! Seguidme
y llevemos a estos guerreros bobos y su poni al fuerte.

—Yo volaré con los guerreros también —dijo
Espachurro—. Me quedo con ellos y vigilaré por si hay
jagulares.

—No estás obligado, ¿eh, Espachurro? —dijo Xar,
medio ofendido.

—Pero QUIERO hacerlo —canturreó el espíritu,
tan entusiasta como siempre—. La chica me cae bien.
Tiene una pinta rara… y sssolo tiene un ojo, pero huele másss a
albaricoque que un ssser humúngulo… y me chifla su pelo.

Espachurro se acercó al cabello de Wish y le
ahuecó la melena por detrás para hacerse un nidito en el
que esconderse.

La cuchara estaba celosa. Ese era su territorio.

—Sobre gustos no hay nada escrito —resopló Xar,

La cuchara estaba celosa.

Ese era su territorio.

enfadado—. Pensaba que querrías quedarte junto al chico del destino, pero si te dan pena esos raritos, tú mismo, Espachurro. ¡Vamos, gente! —gritó—. ¡Os reto a una carrera hasta el fuerte!

Gatorreal dio un brinco y los animales lo siguieron como una manada alocada; los trasgos tomaron la delantera.

Retroceder en el tiempo es imposible.

Probablemente.

Pero…

Si Xar hubiera visto a Wish después de dejarla en el claro y…

Si hubiera visto la expresión en su cara cuando ella se dio cuenta de que no podía enmendar las cosas devolviendo la espada y que ahora su madre descubriría su desobediencia sí o sí, de esa forma tan asombrosa como lo hacen las madres y…

Si hubiera sabido que la madre de Wish no era de las madres que le habría dado a su hija la impresión de perdonarle cualquier cosa…

Si hubiera visto llorar a Wish, con una cuchara que no podía hablar tratando de consolarla sin palabras, y el ayudante guardaespaldas, también triste, dándole golpecitos en la espalda, y a Espachurro poniendo caras y haciendo la rueda para tratar de animarla…

Si hubiera visto todo eso, ¿Xar hubiera querido

*con una cuchara que
no podía hablar tratando
de consolarla...*

retroceder en el tiempo, por muy imposible que fuera?

Puede que sí.

Pero…

Ver la vida de los demás cuando no los tienes delante también es imposible…

Probablemente.

Digo «probablemente» porque retroceder en el tiempo y ver la vida de los demás cuando no los tienes delante son cosas que requieren la magia que llamamos «imaginación». Xar aún no había desarrollado esa magia, igual que no podía mover objetos con el poder de la mente ni volar sin la ayuda de unas alas.

Así pues, en cuanto perdió a Wish de vista, Xar se olvidó de ella y siguió con la tarea mucho más importante de felicitarse por lo listo que había sido mientras cabalgaba sobre Gatorreal de vuelta al campamento de los magos.

Mientras, en el claro, Wish había dejado de llorar porque era una persona la mar de práctica y sabía que llorar no solucionaba nada.

—¿Y ahora qué hacemos? —dijo Espadín con unos ojos redondos y saltones que reflejaban la consternación por cómo había ido todo.

—Pues tendremos que seguir a ese ladronzuelo tramposo de Xar hasta su campamento y robarle la espada encantada y volver a hurtadillas a nuestro fuerte antes del amanecer —dijo Wish—. Esa espada es magia combinada con hierro y no debemos permitir que caiga en manos de los magos.

—¿Solo hay que hacer eso? —dijo Espadín secamente—. Y yo que creía que estábamos en un brete…

—Lo bueno es que así podremos montar en estos gatos de las nieves —dijo ella.

—¿Y eso es bueno? —dijo Espadín, que miraba horrorizado a esas enormes bestias salvajes que tenían demasiado cerca—. ¡Son animales prohibidos! ¡Va contra las normas!

¡Los guerreros no se rinden, Espadín!

Wish alargó la mano con timidez y tocó la cabeza de Corazonverde. Se moría de ganas de montar en uno de los gatos de las nieves en cuanto los vio.

Wish se subió a su lomo con cuidado.

—¿Nos sigues, Apisonador? —preguntó Wish al gigante. Apisonador parecía encantado de que le consultaran algo.

—Soy un poooco más leeento que esos gaaatos de las nieeeves —dijo con una gran sonrisa, como la raja de una calabaza—. Pero os sigo. Estaré bieeen. ¡Soy un gigaaante!

Pues claro, ¿en qué estaba pensando? Un gigante sabía cuidarse solito. Seguro que era un luchador aterrador, por muy vegetariano que fuera.

—Sigue a Xar, gato, por favor —pidió Wish.

Corazonverde dio un brinco y saltó con suavidad. «Voy montada en un gato de las nieves, EN LA VIDA REAL…», pensó Wish con alegría, casi sin creérlo, mientras el lince corría ágilmente entre los árboles y el viento de la noche le apartaba la melena de la cara. Wish se olvidó de todo peligro y gritó de alegría.

«¡Por todo el acebo, el muérdago, las uñas de los pies de las brujas y el aliento podrido de los duendes de ojos saltones! —pensó Espadín, que se había quedado solo en el claro—. Esta princesita se parece más a su madre de lo que aparenta. ¡Terca! ¡Temeraria! ¡Cabezona! ¡Y el mago es aún peor! Pero ¿qué le pasa a la realeza? Seguro que toda esa comida de ricachones se les ha subido a la cabeza.»

¿Y qué podía hacer el pobre Espadín? No podía quedarse solo en esos bosques infestados de hombres lobo, disfrutando del aire fresquito de la noche y jugando al pillapilla con los alientofétidos.

Además, debería proteger y controlar a la incontrolable princesita; ese era su trabajo. Así pues, muy a su pesar, se subió al segundo animal prohibido, que también a su pesar se dejó montar, y salió corriendo detrás de Wish.

El enorme Apisonador se inclinó y cogió al poni durmiente con una de sus manos gigantes. Le acarició la crin con un dedo gigantesco, como un humano acariciaría a un ratón, se lo puso en el bolsillo con cuidado y muy poquito a poco salió caminando detrás de Wish y los gatos de las nieves.

—¡No te preocupes! —gritó Wish a Espadín cuando Nocturnojo alcanzó a Corazonverde—. ¡Todo irá bien!

—¿Que no me preocupe? —preguntó él, sarcástico—. ¿Que todo irá bien? De momento, en lo que llevamos de noche, hemos salido del fuerte sin permiso, hemos acogido a una cuchara encantada como mascota, hemos robado a tu madre su valiosísima espada que resulta que también es peligrosísima, hemos dejado que esa misma espada acabe en manos magas,

con lo que hemos puesto en peligro toda la guerra contra la magia… y ahora estamos entrando de pleno en territorio enemigo a lomos de unos animales prohibidos que ha secuestrado un mago pirado, que puede convertirse en hombre lobo…

—¿Por qué debería preocuparme?

A Espadín le rugió el estómago.

—Y ENCIMA nos hemos saltado la cena. Ciervurguesas. Mis preferidas.

Espachurro pasó zumbando y chirriando como un rayo blanco.

—¡Ay! ¡Cuidadooo, cuidadooo!
¡AAAAARRGGHH! ¡Hay un jagular! ¡Hay un
jagular! Ahhhhh… No, perdones, es el tronco de un árbol.
Perdones, gente...

Se hizo el silencio mientras se adentraban en los
oscuros bosques salvajes persiguiendo a Xar, cada vez
más sumidos en lo desconocido, donde parecía que unos
ojos extraños los miraban tras los árboles y los gritos
espantosos de la noche chillaban a su alrededor, que
podían ser jagulares u hombres lobo o algo peor que
todos ellos…

Por suerte, Espadín no vio las dos cosas que
pasaron al salir del claro, o se habría preocupado mucho
más de lo que ya lo estaba.

Primero, los guerreros de hierro de la reina
Sychorax atraparon al gigante Apisonador.

Wish tenía motivos para estar preocupada por él.
Los gigantes son grandes pensadores, pero como son
tan lentos, están en gran desventaja cuando se enfrentan
a enemigos mucho más pequeños. Apisonador solo
tuvo tiempo de pensar «PERO ¿QUÉ… ESTÁ…
PASANDO…?» antes de que irrumpieran en el claro los
guerreros a lomos de sus caballos y le ataran cadenas de
hierro alrededor de las piernas. Los guerreros le dijeron
que, como se le ocurriera hacer ruido, matarían al poni,
conque se quedó callado y se dejó arrastrar hacia el
Fuerte de los Guerreros de hierro, meciendo los árboles

mientras se abría paso torpemente tras los guerreros, del tamaño de hormiguitas. (¿Por qué estaban tan enfadados? Los gigantes no entendían el enfado; les parecía una pérdida de tiempo).

Y entonces se hizo el silencio. Sin embargo, el aire en el claro se enfrió varios grados y la nieve empezó a moverse como un mar blanco que se volvía turbulento. ¿Tal vez algo se acercaba al claro? ¿Algo los había estado observando? ¿Algo que quizá buscara la espada encantada?

Ah, sí, eso sí habría preocupado a Espadín.

Pero si ese algo era una bruja, por muy extraño que pareciera, Espadín necesitaría unas habilidades de protección muy avanzadas…

Los pies de las brujas no dejan huella.
Sus cuerpos no proyectan sombra.
Pero en árboles, tierra y musgo hacen mella;
Y los enfría tanto que asombra.

CANCIÓN MALDITA de los TRASGOS

No estamos ahí, solo es aire, sí, ese atisbo de ala que
   has visto allí.
Esa vaca muerta no es cosa nuestra, así que no
   maldigas, ¡ni te atrevas!
Enfada a los trasgos, maldice su estampa y aprieta bien
   el puño.
No puedes pegarnos, no existimos, solo somos humo.
Y ese susurro ha sido el viento a lo sumo.
Todo nos da igual, no estamos allí y por diversión
   nunca haríamos estallar un sillón.
Ni lo haríamos parecer perfectamente normal y
   esperaríamos a que alguien gordo posara su
   enorme culo y entonces PIM, PAM, PUM, JA, JA,
   JA, JA, CATACRAC, todo estallaría en pedazos
   y aterrizaría en el suelo de piedra y se rompería la
   mandíbula y se echaría a gritar, vociferar y llorar
   hasta no poder más…
Y eso que has oído al llorar no eran las risas de un
   hada. Y si te lo han dicho, no te creas nada.
Ese niño moribundo tampoco es cosa nuestra, así que
   no maldigas, ¡ni te atrevas!
Enfada a los trasgos, maldice su estampa y aprieta bien
   el puño.
No puedes pegarnos, no existimos, solo somos humo.
Y ese susurro ha sido el viento a lo sumo.

Fuerte mágico

7. El campamento mágico

l camino a lomos de los animales a través de aquel bosque oscuro y laberíntico se hizo tan largo que parecía que habían pasado horas. Wish, Xar y Espadín cruzaron el río helado y el derruido Muro Fantasmal que ponían fin al territorio guerrero y daban comienzo a la tierra de los magos, hasta que finalmente llegaron a una parte del bosque tan atestada de enredaderas, zarzas y árboles caídos, que continuar por allí era del todo imposible.

La luna surgió de entre las nubes y Xar ordenó a Ariel que señalara la montaña espinosa y colmada de vegetación que tenían delante de ellos. Los ojos anonadados de Wish y Espadín captaron cómo las ramas y zarzas que tenían delante se escabullían hacia fuera, se deslizaban hacia dentro y se escurrían unas por encima de otras, una y otra vez, como si unos dedos invisibles estuviesen desatando un nudo muy enrevesado en un sedal. Crujiendo como las rodillas de un anciano, los árboles se mecieron a izquierda y derecha, la espesura se allanó y se formó la entrada a un claro frente a ellos.

Cuando Wish y Espadín vieron lo que había dentro de aquel claro se les pusieron los pelos de punta, tan estáticos como las púas de un erizo asustado. Ante ellos había un círculo increíblemente enorme de árboles centenarios, de los cuales la mayoría eran también enormes. Tejos, abedules, serbales, alisos, sauces, fresnos, espinos, saúcos, manzanos, álamos —todas las especies que pudieses imaginar—, sin olvidar la más importante: el roble. No había indicios de que hubiese algún ser humano por allí, pero se oía música y se olía la leña de las chimeneas.

Ahora que se encontraban tan lejos de casa y tan adentrados en territorio enemigo, a Wish empezó a entrarle el miedo y a cada segundo la agobiaba más. ¿Y si Xar los apresaba a cambio de un rescate? Les había dicho que los dejaría irse a la mañana siguiente, pero el chico no parecía ser muy de fiar precisamente.

—¿Dónde está vuestro fuerte? —preguntó Wish, titubeante.

—Bajo tierra —contestó Xar.

Imagina un campamento completamente excavado bajo tierra. Cada uno de aquellos árboles estaba hueco y dejaba filtrar la luz a las múltiples salas y habitaciones escondidas bajo tierra. Xar los condujo a la torre-árbol donde se encontraba su habitación: un tejo centenario tan enrollado en sí mismo que parecía como si un gigante lo hubiese modelado cuando era aún un pimpollo, sosteniendo las ramas y torciendo el tronco con la delicadeza de quien trabaja la arcilla. Tras subir por una serie de escalones y de plataformas, el grupo llegó a la ventana por la que se accedía a la habitación de Xar.

A Wish se le cayó el alma a los pies. Ya no había escapatoria; estaban atrapados y rodeados por los enemigos. ¿Y si Xar contaba a otros magos que estaba allí? Es probable que hubiese magos aún peores que Xar cuyos hechizos pudiesen matarla de manera lenta y dolorosa.

Wish se mareó un poco.

No había techo en la habitación de Xar, así que desde allí se podían ver la luna y las estrellas. El suelo tenía unas grietas tan grandes que podías alcanzar a ver la sala principal a unos doce metros más abajo.

—No os preocupéis —dijo Caliburn a Espadín y a Wish, que miraban estupefactos cómo Xar trotaba sobre un suelo que parecía hecho de aire—, la superficie se sostiene gracias a la magia.

Xar abrió su zurrón y sacó el *Libro de hechizos*, donde buscó el conjuro para poder transformar a la gente en gusanos. Estaba junto a una página en la que ponía «Cómo transformar a la gente en gatos» (fácil) y «Cómo volverlos humanos de nuevo» (complicadillo).

Lo primero que se le pasó por la cabeza a Xar fue castigar a su hermano Saqueador transformándolo en un gusano usando la magia de la bruja. Después llegaría el punto culminante en que desenfundaría la espada para enseñar a todos cómo podía usar la magia que funciona sobre el hierro. Y entonces, como es obvio, todo el mundo aplaudiría y lo vitorearía, corearían su nombre e incluso su padre se postraría ante él y le diría: «Xar, ¿cómo he podido dudar de ti? Lo siento… Siempre supe que eras especial, aunque tuviéramos malentendidos en el pasado, pero ahora sé que eres el héroe que todos estábamos esperando».

Todo iba a ser TAN maravilloso.

Xar se aprendió el hechizo de memoria y cerró el libro de un golpe.

—¡Vamos, trasgos! —ordenó Xar—. El concurso empieza dentro de unos minutos y tenemos que estar ahí abajo para HUMILLAR a Saqueador. Seguidme todos, menos vosotros: Corazonverde, Nocturnojo, Gatorreal, el oso y Espachurro.

—Oh, ¿por qué yo quedarssse atrásss? —dijo Espachurro.

—Bueno, ya que TANTO te gustan los guerreros… —soltó Xar, que llevaba un rato celosillo— he pensado que podrías quedarte aquí y vigilarlos.

—No te preocupesss, jefe… ¡YO losss protegerá!

—No he dicho PROTEGERLOS, Espachurro, he dicho VIGILARLOS. Son prisioneros enemigos…

—¡Pero querer ir contigo y ver transssformarte en hombre lobo! —dijo Espachurro, muy decepcionado.

—Essstoy sssegura de que alcanzo a verle algunosss pelosss en losss brazosss —siseó Tormenta, en tono malicioso y con una mirada traviesa.

—Anda, ¡callaos los dos! —protestó Xar—. ¡No voy a convertirme en un hombre lobo! Esto es sangre de bruja, ¡y la voy a usar para hacer magia!

—Pero aún no sabes si va a funcionar —interrumpió

Caliburn—. ¿No crees que deberías saber qué es esa mancha antes de saltar a la palestra delante de tantísima gente y quizá convertirte en un licántropo delante de ellos?

Xar lo miró como si estuviese loco.

—Pero eso sería ESPERAR —añadió Xar—, y el Concurso de Hechizos está teniendo lugar AHORA MISMO. Y, además, aunque no funcione la sangre de la bruja, sigo teniendo la espada, que sí funciona.

—No se permite utilizar espadas en los concursos de hechizos, Xar, y menos todavía espadas de HIERRO —arremetió Caliburn.

—¡Y es nuestra espada! —protestó Wish.

—Me gustaría que dejaras de decir eso. Esta es una espada mágica —dijo Xar—. Así que ME pertenece, y todo ese rollo tuyo de «el universo te da lo que le des tú a él», Caliburn, pues mira… solo te digo que, al haber conseguido esta espada, el universo claramente piensa que soy especial…

—¡Y el universsso tiene RAZÓN! —chilló Espachurro.

No había manera de dialogar con Xar cuando se ponía como se ponía.

—Pues ahora has hecho llorar al universo —gimió Caliburn en un tono sombrío, justo cuando unas enormes gotas de lluvia empezaban a caer sobre sus cabezas.

Abajo, en la sala principal se podía oír el sonido exultante de unos gigantes bailando y de gente charlando entre risas y gritos de júbilo. Arriba, en la pequeña habitación enmarañada entre lianas y enredaderas, el viento hacía que todo se tambaleara y estaba cayendo un diluvio; la habitación de Xar parecía ahora mismo una barca en mitad de la tormenta.

—¿Por qué demonios diseñar una habitación sin techo? —se preguntó Espadín—. No es muy práctica.

—¡Tormenta! —gritó Xar—. Haznos un hechizo climático antes de que nos ahoguemos. Y vas a tener que quedarte aquí para mantener el hechizo, no vaya a ser que se nos mojen los prisioneros.

Tormenta resopló, molesta.

—¿PorquétengoquehacertodoYOsiempre? ¡Quería ver el Concurso de Hechizos! —exclamó mientras buscaba enfurruñada una varita del número cuatro de su saco de varitas. Cogió un hechizo y lo agitó en el aire con la varita, y entonces un pequeño paraguas de aire invisible emanó del hechizo y se elevó un par de metros sobre ellos, haciendo que la lluvia cayese por él y se formase una cascada.

—¡Cielos, eso ha sido increíble! —exclamó Wish, maravillada.

—¡Que no te impresione! —advirtió Espadín—. Recuerda: la magia puede parecer bonita por fuera, pero es un peligro, es el caos…

—Pero tienes que reconocer que es muy muy útil si no quieres mojarte —dijo Xar.

—Un techo también sirve para eso —le refutó Espadín. Finalmente, Xar cerró de un portazo y echó la llave.

—Se ha llevado la espada —dijo Wish, muy desilusionada—. Tendremos que esperar hasta que vuelva y luego se la robaremos mientras duerme.

—Vale, digamos que conseguimos robarle la espada a Xar —dijo Espadín—. ¿Cómo regresaremos al fuerte? No podemos ir a pata; estamos a decenas de kilómetros de distancia.

—Ay, madre, Xar tenía razón, ¡somos prisioneros! —dijo Wish, contemplando por la ventana la negrura inmensa de la noche. Había una gran altura desde allí hasta el principio de la torre y no había ningún indicio de que el poni o el gigante hubiesen llegado—. Y me preocupa mucho que los guerreros de mi madre hayan capturado al pobre Apisonador…

—¿Cómo que «pobre Apisonador»? ¡Es un GIGANTE, Wish! —refunfuñó Espadín, alarmado—. Pero ¿de qué lado estás?

Wish se alejó de la ventana, suspiró profundamente y después cogió el *Libro de hechizos* que Xar había olvidado sobre la mesa.

—Espadín, TIENES que ver este libro, ¡es increíble! —exclamó ella, olvidándose de todos sus miedos y de su angustia y por poco dejando caer el libro de la emoción.

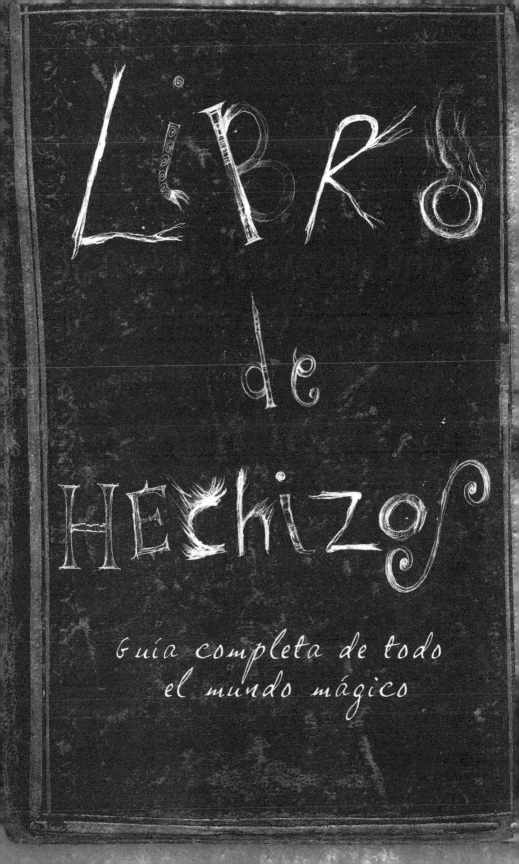

LiBRo de HECHizoS

Guía completa de todo
el mundo mágico

Este libro ess propiedad de
Xar el Maggnifico,
chico del Desstino

¡Hola! Bienvenido al *Libro de hechizos.*

Para usarme solo tienes que teclear tu pregunta
mediante las letras de aquí abajo.

La pregunta que has realizado en concreto es:

¿Cómo Escapar De Un Árbol Mágico En El Fuerte
De Un Mago Y Regresar Por El Bosquimalo
Cuando No Tienes Transporte, Ni Mapa,
Ni Forma De Saber Dónde Estás?

Observación: Si el Libro de hechizos no funciona
correctamente, tendrás que pasar las 6.304.560 páginas
TÚ MISMO. Lo sentimos.

GIGANTEFANTE SOÑADOR DE OREJAS ARRUGADAS

Hay muchas especies de gigante: los Gigantes Árticos, los Colosaglomerados, los Soñadores, los Monumentores... Pese a este nombre, los gigantes varían en tamaño: este es un Gigantón Mamut Abultado que se avergüenza por haber pisado sin querer la casa de alguien.

¡Ups! Lo siento muchísimo

GIGANTEFANTE SOÑADOR DE OREJAS ARRUGADAS reflexionando sobre algo...

GIGANTEFANTE SOÑADOR DE OREJAS ARRUGADAS

Los gigantes paticortos como este tienen brazos muy largos, así que son buenos escaladores.

La mayoría de gigantes son herbívoros y no sobrepasan las copas de los árboles, así que pueden esconderse de las bandadas t de raptogrifos que sobrevuelan el bosque (ver pág. 2.000.041)

Un Gigante Soñador de Orejas Arrugadas dando saltos por un pantano, que usa ambos brazos para coger impulso.

pág. 1.230.493

GIGANTE ZANCADOR GRANCAMINANTE

Los Gigantes Zancadores Grancaminantes crean enormes tunelados (palabra de trasgo para «camino») mientras deambulan a través de los bosques, ponderando en profundidad sobre la vida en la Tierra y los misterios del universo.

LIBRo de HECHIZOS

ROGRO DE ESPALDA PELUDA

OGRUÑÓN ALIENTOFÉTIDO

ALIENTOFÉTIDOS QUE HE CONOCIDO:

EL OGRUÑÓN ALIENTOFÉTIDO CON EL SOBACO APESTOSO (versión Espalda peluda) ↓

El Ogruñón se pone caca de vaca bajo los sobacos a modo de perfume para atraer a Ogruñonas hembra. Una marranada, pero es verdad.

ADVERTENCIA: <u>NO</u> INTENTES RAZONAR CON ESTE HOMBRE. NO ES MUY RAZONABLE.

pág. 1.230.494

HECHIZOS

Tu guía mágica superútil
para saber cómo funcionan.

La mayoría de los trasgos son muy pequeños y su magia no hace efecto en criaturas más grandes que ellos mismos. Por consiguiente, su magia debe concentrarse en pequeños «hechizos» con forma de pelotitas o «bombas» que el trasgo guarda en una bolsita de hechizos alrededor de la cintura.

El trasgo también posee un carcaj de varitas y, cuando necesita lanzar un hechizo, elige la varita más adecuada para ese hechizo y con ella lo GOLPEA en dirección a la víctima.

Bolsita de hechizos con hechizos dentro.

pág. 1.233.495 (y un cuarto)

LIBRo de HECHizoS

DiFFERENTES TIPOS DE HECHIZOS

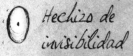 Hechizo de vuelo Hechizo de agua

Hechizo de fuego Hechizo de amor

Hechizo de crecimiento Hechizo olvidadizo

Hechizo de invisibilidad Hechizo de trueno

Nociones Imposibles N.º 34721:

RECITAR HECHIZOS

¿Has noatdo cmóo al rectiar hchezios no imoprta raelmnete el odren en que etsén las lertas meinrtas la pirmrea y la útlima etsén en su lguar?

PALABRAS PERDIDAS

Mientras los Gigantes Zancadores Grancaminantes van y vienen por los bosques de Albión, sus cabezas echan humo, pero también recopilan palabras PERDIDAS y al borde de la EXTINCIÓN. Los gigantes opinan que si desaparecen las palabras que DESCRIBEN a las cosas, ¿cómo se puede PENSAR siquiera en ellas?

A continuación, algunas palabras de trasgos que están en peligro de desaparecer:

HISSMER: sonido crepitante de la hierba.

RESFRIDRAGO: clima tan helado que hace que la gente exhale vaho y que parezcan dragones.

PYELO: escarcha que crece como los hongos en la madera seca.

FUEGO FATUO: halos de luz que dejan tras de sí los trasgos en los bosques al volar a través de la oscuridad.

TUNELADO: caminos hechos por los gigantes transeúntes a través de los bosques.

CUAJO: palabra para el fango que se queda en el fondo del río.

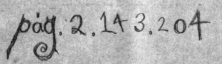

pág. 2.143.204

LiBRo de HECHizoS

BUCLES DE ELFO: el pelo enmarañado que se le queda a uno al despertarse.

RASTRO FANTASMAL: los rastros de luz que dejan los trasgos por la noche (ver «fuego fatuo»).

FANGO BABOSO: el repugnante rastro gelatinoso que deja un alientofétido al caminar.

POLVOROSAR: mudarse y no dejar ni rastro.

Boñiga

A menos que sepas lo que es el pyelo, podrías perderte a esta pequeña hadita peluda, escondida en el árbol.

Los trasgos helados ponen sus huevos en el → pelo-hielo (pyelo)

LIBRo de HecHizos

MALDICIONES DE TRASGO

En el mundo de la MAGIA las palabras albergan PODERES, por lo que MALDECIR es un arma muy poderosa. Los druidas han hecho de ello todo un arte.

«Que tengas un catarro que haga que tu narizota moquee como una catarata mocosa de fango baboso durante CINCO SEMANAS ENTERAS y que te salga un sarpullido sobacal que pique como si te hubiesen mordido hombrecillos rata...»

«Que seas rumiado por una vaca, que fue tragada por una ballena, que se sumerge hacia las profundidades más tenebrosas dentro de las arenas más espesas del océano más infinito y sin fondo...»

(OBSERVACIÓN: Los trasgos tienen un enfoque más ARTÍSTICO al recitar hechizos: piensan que el ORDEN de las letras en realidad no importa, siempre y cuando se entienda lo que se ha escrito).

BRUJAS

Las brujas se extinguieron, así que aquí, en el *Libro de hechizos*, no podemos mostrarte ninguna imagen de ellas, ya que no hay nadie con vida que haya visto a ninguna.

Qué hacer si las brujas SIGUIESEN vivas por alguna horrible razón:

1. No tenemos ni idea.

2. No intentes huir; te atraparán.

3. Podrías usar hierro, pero la gente mágica es alérgica al hierro.

4. Véase punto 1, arriba. Ah, y no las mires. Una persona puede morir del susto solo con ver a una bruja.

El *Libro de hechizos* te agradece que lo hayas leído y te recuerda cordialmente que, en general, las cosas acaban saliendo bien

AL FINAL.

¡MUERE!

Nocturnojo comiendo a Saqueador

Gato de las nieves FoREVER

Cuando llegue mi MAGIA seré el niños niño mas magico del UNIBERSO

—No deberíamos inmiscuirnos en nada de esto, Wish... —musitó Espadín, nervioso—. Son pura magia... no deberíamos verlas, ni oírlas, ni tocarlas...

—¡Pero en este libro pone que hay seis millones de páginas!

—Eso es imposible —dijo Espadín, que se asomó sobre la espalda de Wish pese a lo que acababa de decir, ya que le encantaban los libros y uno de seis millones de páginas era digno de ver.

—¡Mira! —dijo Wish—. Pone que es una guía completa para todo lo que necesitas saber sobre el mundo de la magia: mapas, recetas, criaturas mágicas, magos, brujas, enanos, duendes, linces, enanos, trasgos...
Y hay subapartados más detallados para cada cosa...
y también una sección sobre palabras perdidas, eso suena interesante... Idiomas: enano, élfico, gigántico, puertés... ¿qué es «puertés»? No sabía que las puertas hablaran...

El libro era muy confuso y difícil de leer porque muchas páginas se caían y luego flotaban de nuevo adentro, pero se ponían en otro lugar distinto. Además, quienquiera que lo hubiese escrito era muy desorganizado y se iba por las ramas hablando de cosas que, o bien podían conducir a algo, o bien no llevaban a ninguna parte.

—¡Y la ortografía en este libro es a veces hasta peor que la mía! —dijo Wish, orgullosa.

—Eso no es bueno, Wish —puntualizó Espadín—. Ya sabes que tu madre te diría que solo hay UNA manera de escribir las cosas y que esa manera es la CORRECTA. Otras formas de escribir son caos, desorden, anarquía…

Pero Wish no lo estaba escuchando.

—¡Ay, cielo santo! ¡Mira! ¡Yo también ESTOY en el libro! —dijo Wish, atónita, y pasando a una página de la sección de gigantes, añadió—: ¡Y Apisonador también! ¿Cómo puede ser?

Espadín echó otra miradita por encima de los hombros de Wish.

—Bueno, a lo mejor es el dibujo de cualquier chica, ¿no? No tienes por qué ser tú…

—¡Pues la chica lleva una cuchara en la cabeza! —añadió ella.

—Sí la lleva, sí… —suspiró Espadín—. Supongo que podrías ser tú; al fin y al cabo, este libro es mágico…

A Espadín le dio un escalofrío al pensar lo inquietante de que un libro fuese tan mágico que hasta tuviese una página sobre ti sin conocerte.

—Razón por la cual no deberíamos BAJO NINGÚN CONCEPTO seguir leyendo…

—Solo estoy mirándolo por si nos puede ayudar a salir de aquí —explicó Wish.

Espachurro, Tormenta y los gatos de las nieves no estaban siendo precisamente ejemplares con su cometido de vigilantes. Había sido un día muy largo y agotador, por lo que todos habían caído rendidos; Espadín pensó

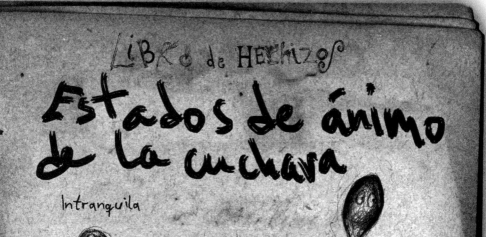

Libro de Hechizos

Estados de ánimo de la cuchava

Intranquila

Triste

Entusiasmada

Asustada

Enfurruñada

Adormilada

pag. 2.531.294

entonces que quizá SÍ que pudiesen escapar pese a todo, y se le aceleró el corazón.

—Bueno, a ver, ¿cómo hizo Xar para que funcionase? —se preguntó Wish, frunciendo el ceño—. Creo que pulsó las letras de la página de contenidos y luego se pasaron las páginas solas hasta llegar a lo que estaba buscando… Cachis, mi ortografía no es muy buena. Espadín, ¿me echas una mano?

Espadín se apoyó en el hombro de Wish y empezó a pulsar en el libro: «¿Cómo escapar de un árbol mágico en el fuerte de un mago y regresar por el Bosquimalo cuando no tienes transporte, ni mapa, ni forma de saber dónde estás?».

Sin embargo, todas las respuestas sugerían utilizar algún elemento especializado, como alfombras mágicas o zapatos con alitas, y muchas de ellas describían los múltiples peligros del Bosquimalo de forma asombrosamente realista y macabra, como los felinos gigantes y los licántropos o las setas con colmillos, y a Espadín no le apetecía mucho leer sobre aquello.

Entonces, un chirrido increíblemente fuerte llegó desde debajo de la habitación de Xar y los dos dieron un respingo, asustados. El sonido era como si veinte truenos hubieran retumbado al mismo tiempo; se debía a la lucha entre varios magos que estaba teniendo lugar en la sala principal de debajo.

—¡Madre santísima! ¿Qué ha sido eso? —exclamó Espadín.

Wish echó un vistazo a través de las grietas del suelo de la habitación, desde donde podía ver todo lo que estaba pasando en la sala principal.

El Concurso de Hechizos acababa de empezar.

Carcaj con varas mágicas

VARAS DE HECHIZOS

Un aprendiz de mago, como Xar, solo podía usar una vara de madera de abedul. El roble es una posibilidad muy equilibrada en todos los sentidos, mientras que el sauce es estupendo para sanar. El fresno se usa para hechizos de transformación y encantamientos, pero puede ser difícil de controlar. El espino es una madera peligrosa que se utiliza para lanzar hechizos de combate y magia negra. Solo los magos excepcionales de verdad pueden utilizar una vara de madera de tejo.

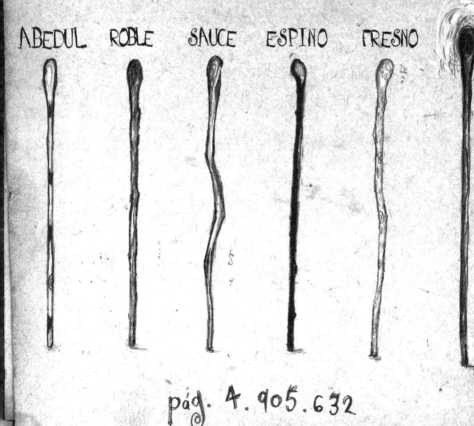

ABEDUL   ROBLE   SAUCE   ESPINO   FRESNO   TEJO

pág. 4.905.632

8. El Concurso de Hechizos

E l acontecimiento estaba marcado por el FUEGO: había hogueras que brotaban muy alto en todas las esquinas de la sala principal y el gran círculo de combate, justo en el centro del tumultuoso banquete, estaba delimitado por altas columnas de fuego.

La sala estaba hasta los topes de magos de todas las edades y tamaños; gigantes risueños adormilados que o bailaban o roncaban desde los extremos de la sala; lobos aullantes, osos pesados, gatos de las nieves que movían las colas hipnóticamente y vigilaban con cautela desde las sombras de las ramas superiores...

En el aire levitaban violines y trompas, que se tocaban solos sin la intervención de ningún músico.

En un rincón de la sala se encontraba Encanzo el Encantador, enfrascado en una conversación de tintes políticos junto a otros magos adultos. Girandolli, un mago de una tribu rival, discutía acerca de que los magos tenían la necesidad imperiosa de luchar de nuevo contra los guerreros, tal y como hicieron sus antepasados.

—Ha llegado la hora de la BATALLA —dijo Girandolli— y de que un nuevo líder, YO, se proclame rey en tu lugar, Encanzo...

El Concurso de Hechizos para Magos Jóvenes

se celebraba en otro rincón de la sala y hasta ahora Saqueador había derrotado a un mago tras otro. En aquel momento Xar apareció junto al oso y los lobos, mientras que los trasgos pasaban zumbando por encima de ellos y empezaban a hacer trastadas en todas partes: robar sombreros, pellizcar narices y, en definitiva, incordiar. En menos de dos segundos:

Ariel se había paseado por debajo de todas las mesas del banquete y había atado en un solo nudo los cordones de ambos zapatos a los comensales, de manera que al levantarse cayeran de morros sobre la mesa y, con un poco de suerte, se desplomasen sobre algo blando y grasiento como un ESTOFADO.

Por otro lado, Destiempo había transformado trozos de suelo al azar en placas de hielo y el resto de trasgos no se quedaron atrás dando la lata e hicieron otras tantas travesuras del mismo calibre.

—¿Qué estás haciendo tú aquí, Xar? —dijo Saqueador con desprecio—. Aún no eres capaz de usar la magia.

—He venido a desafiarte —soltó Xar con aires de grandeza.

—¿A desafiarme? ¿Cómo? No me digas que has atrapado a esa BRUJA de la que tanto hablabas… ¿Es así, hermanito? —preguntó Saqueador con sarcasmo. Después se giró hacia sus amigos, que se estaban partiendo de risa, y de espaldas lo señaló con el pulgar—. Este pardillo tenía pensado cazar a una bruja y robarle algo de magia…

—¡JA, JA, JA, JA! —rieron el resto de magos.

Xar se encogió de hombros sin que aquello pareciera importarle.

—Pues a lo mejor sí que he capturado a esa bruja, Saqueador —dijo—. ¿Por qué no intentas usar alguno de tus hechizos contra mí y vemos qué pasa? ¿O te da MIEDO?

—¡Ten cuidado, Saqueador! —advirtió Oscuro—. Sí que cazó «algo», pero no llegué a saber qué era…

—¡Qué vas a cazar tú a una bruja! —exclamó Saqueador—. Y tampoco puedes hacer magia, hermanito. Ya te lo había avisado: como participes en el concurso te voy a dar una TUNDA, y lo digo en serio…

Xar atravesó el círculo de tiza del suelo y, al hacerlo, se produjo un ruido corto pero estridente y apareció un campo de fuerza mágico por encima de los dos hermanos que acabó formando una cúpula fina y transparente, cargada de poder.

Todo el mundo se quedó callado; se hizo un silencio de esos que auguran que algo va a pasar. Destiempo desenvainó una de sus varitas e Insectorro hizo lo mismo, pero ya no había manera de ayudar a Xar, que estaba dentro del círculo.

Iba a luchar a solas.

Xar alzó las manos en dirección a Saqueador.

—Ah, ¿que encima vas a hacer magia sin vara, Xar? —se burló Saqueador, mientras sus amigos se partían de risa viendo la escena. Hacer magia sin vara era para magos de nivel avanzado; solo grandes encantadores como el padre de Xar podían hacerlo.

—Prepárate, Saqueador, y ten muuucho miedo —avisó Xar—. Porque no solo tengo la magia de una bruja, también tengo magia que funciona en hierro…

—¡JA, JA, JA, JA, JA, JA! —rompieron a reír todos los magos jóvenes.

—¿Ah, sí? —dijo Saqueador sonriendo.

Iba a disfrutarlo muchísimo.

—Así es —dijo Xar—, yo soy el chico elegido por el destino.

Con gran decisión, Xar tensó la mano donde tenía la marca de la bruja y apuntó a su hermano.

«Siente el poder… Siente el poder», pensó Xar.

—Visualízalo en tu cabeza… siente el poder en los dedos…

Eso decían siempre sus maestros.

Pero a Xar se le estaba poniendo la cara cada vez más colorada y se estaba desesperando cada vez más, ya que estaba pasando lo mismo que el resto de veces que había intentado hacer magia en vano...

Nada, no estaba pasando absolutamente NADA.

Saqueador estaba moviéndose con precaución alrededor del círculo, por si acaso el loco de su hermano hubiese capturado de verdad algún ser extinguido. Por imposible que pareciese, uno nunca podía estar seguro del todo con Xar. Siempre se las apañaba para hacer posible lo imposible.

Pero tras ver lo que estaba viendo, se le iluminaron los ojos.

—Ayyy, ay, ay —tarareó Saqueador, balanceando la vara con delicadeza—, vaaaya, vaya con el chico del destino, el único, el elegido... ¿Dónde dices entonces que tienes esa magia horripilante de bruja?

—¡El chico del destino! —dijeron riendo los magos jóvenes desde fuera del círculo.

—No lo entiendo —dijo Xar, perplejo y enfadado—. Sí que SOY el chico del destino. PUEDO hacerlo... sé que puedo hacer magia...

«¡Maldición!», pensó para sus adentros. Estaba tan seguro de que todo lo que había pasado era una señal del destino, entre lo del lema matabrujas en la espada y todo eso. A lo mejor se había equivocado... y si era así y lo que tenía no era sangre de una bruja, ¿qué era entonces?

«Por favor, por
favor, que no me convierta
en un hombre lobo delante de
todos —pensó Xar—. Me moriría de
vergüenza.»

No era la primera vez que Xar deseaba haber hecho caso antes a Caliburn. Ya sentía una especie de picor en la piel, como si de un momento a otro le fueran a brotar miles de pelos.

—Tú no puedes hacer magia —dijo Saqueador—, pero yo sí. Déjame enseñarte cómo lo hago yo... Veamos, ¿qué debería hacer primero? A lo mejor... ¡ESTO!

Saqueador apuntó con su vara a Xar y de este surgió un destello fugaz, como el de un relámpago, seguido por un disparo de magia fulgurante y ardiente que acertó de pleno en el pecho de Xar, lanzándolo por los aires hasta el borde de la invisible barrera mágica.

«Diantres —pensó Xar sin muchos ánimos mientras intentaba levantarse—. Esto no va a ser bonito...»

—Te voy a poner verde —dijo Saqueador con malicia, a la vez que le lanzaba ráfagas de magia a Xar que lo hicieron volar por los aires hacia el otro lado del círculo, lo que le dejó la piel de un color verde intenso al aterrizar—, y rojo... y amarillo... y rosa...

Sacudido de un lado a otro del campo de combate y volviéndose de mil colores distintos, a Xar empezaron a entrarle náuseas y casi no podía aguantar las ganas de vomitar delante de todo el mundo.

—¡JA, JA, JA, JA, JA! —seguían riendo los lacayos de Saqueador, así como los niños magos a los que Xar les había gastado bromas y mangoneado en otras ocasiones.

—Te hace falta aprender una buena lección —dijo Saqueador con una sonrisa de oreja a oreja—, y voy a enseñarte una que no vas a olvidar jamás. —Se acercó a Xar, que gimoteaba y se retorcía de dolor—. Ya eres pequeño ahora —dijo—, pero voy a hacerte aún más…

Entonces dirigió su vara hacia Xar y murmuró un hechizo en voz bajita:

—E–N–C–O–G–E–R. —Ese fue el hechizo—. Encoger…

«Ay, madre… ¡un hechizo para encogerme NO! —pensó Xar—. Eso duele un montonazo y ya soy bastante pequeño de por sí. Tengo que sacar la espada ahora o nunca.»

Pero no le dio tiempo a hacerlo antes de que un relámpago de magia saliese disparado del extremo de la vara de Saqueador y le golpease de lleno, iluminando con intensidad el cuerpo lacerado de Xar, que parecía estar hecho de estrellas.

Xar contuvo un aullido de dolor cuando estas estrellas empezaron a enrollarse en él como una serpiente, desde la frente y bajando por todo el cuerpo; lo apretaban, lo comprimían y lo machacaban como si llevara puesta una armadura hacia dentro como cuando uno aprieta los puños.

—¡Di que he ganado! —gritó Saqueador, deteniéndose para darle a Xar unos segundos y que pudiese tirar la toalla—. ¡Ríndete!

La boca de Xar se había deformado por culpa del proceso de encogimiento, pero se las arregló para gritar:

—¡No, me niego!

La frase sonó como un chillido extraño a través de la forma circular, encogida y retorcida de sus labios.

—Muy bien, pues entonces —continuó Saqueador—, tendrás que volverte más pequeño aún...

Esta vez, a Xar se le escapó un grito cuando el hechizo lo alcanzó; no pudo soportar aquella dosis de pellizcos ni tampoco la presión que estaba haciendo que sus huesos encogiesen. Maldición, así no había manera de sacar aquella espada tan fenomenal.

—¿Te rindes ya? —preguntó Saqueador.

—¡Claro que no! —gritó Xar con todas sus fuerzas—. ¡Ahora sí que me has hecho enfadar, Saqueador!

Por suerte, esto hizo que Saqueador dejase de usar magia por un momento, ya que se puso a reír tan fuerte que casi se le cayó la vara.

—Ay, he hecho que te enfades, ¿verdad? Qué mieeeedo me das...

Y así, mientras Saqueador seguía partiéndose de risa, Xar consiguió desenvainar la espada justo a tiempo, porque si hubiese tardado un poquito más, las manos se le habrían encogido tanto que no habría podido sostenerla.

Agarró la empuñadura y logró tirar con la fuerza justa para poder sacarla del cinturón. Fue un momento de euforia.

Xar desenfundó la espada encantada que hizo ese sonido tan característico y gratificante que hacen las espadas al desenvainarlas y que, cuando captó la atención del público presente, provocó que sus miradas de desdén se transformasen en miradas de asombro, y seguidamente de horror al darse cuenta del material del que estaba hecha la espada: hierro...

Saqueador dio un paso atrás.

—No puedes traer una ESPADA DE HIERRO... —farfulló Saqueador—. ¿Dónde demonios has conseguido eso, pirado?

—Me colé en el Fuerte de los Guerreros —mintió Xar, alardeando—, la robé delante de sus narices de pijitos presumidos y SÍ puedo traerla porque es una espada mágica matabrujas. Como puedes ver, con mi magia, que ya soy capaz de usar, puedo controlar la espada y hechizarla...

En cuanto Xar dio un paso adelante, Saqueador respondió lanzando un rayo de magia a la desesperada, pero Xar lo cortó por la mitad con un tajo formidable antes de que lo alcanzase.

—¿Eso era otro hechizo para encogerme,

Saqueador? —se burló Xar—. Mejor intenta algo distinto, porque estoy cada vez más cerca…

La pelea se puso mucho más seria: Saqueador no paraba de lanzar rayos de magia intensa con su vara y Xar los interceptaba partiéndolos por la mitad, por lo que caían sin remedio al suelo tan pronto como Saqueador los dirigía hacia su hermano.

La espada parecía estar rebosante de vida, era como un salmón recién capturado que lucha por escapar; siempre se anticipaba a cualquier movimiento de Saqueador antes siquiera de hacerlo.

Xar no era tan liviano como Wish, así que no saltaba tanto a la vista que quien realmente luchaba era la espada y no él. La verdad es que parecía que se había convertido, de sopetón y como por obra de un milagro, en el mejor espadachín del mundo.

La multitud había pasado a señalar a Xar en señal de admiración, más que de burla, al ver cómo se paseaba por la plataforma de combate partiendo los hechizos de Saqueador mientras fardaba y gritaba:

—¿Qué dices AHORA de mi magia, Saqueador?

«¡Funciona!», pensó Xar, eufórico. Y era tan emocionante como siempre había soñado.

Incluso habría jurado ver a Violácea decirle a Ariaverde:

—¡Vaya! Luchar con una espada como que mola más que con una varita, ¿no crees?

Y a Ariaverde contestarle:

—¿Crees que Xar es de verdad el chico del destino?

«¡Soy una superestrella! —pensó Xar, exultante—. Siempre supe que era una estrella, y ahora todo el mundo lo sabrá también.»

Pero entonces todo se torció.

De repente, sin saber cómo, la espada encantada comenzó a arrastrar a Xar de manera muy brusca de izquierda a derecha. «¿Qué está pasando?», pensó.

Hasta ahora, había dado la sensación de que la espada y Xar eran como uno solo y que el chico la había estado controlando de forma magistral, y todo cambió de sopetón de forma preocupante y ahora parecía que la espada se le quería ir de las manos.

Xar se vio forzado a sujetarla con ambas manos, pero al final, cogiendo impulso y dando un salto que lo alzó a un metro por encima del suelo, la espada se escabulló de su portador y salió escopeteada hasta lo más alto de la cúpula mágica que los rodeaba, que al contacto con la espada estalló.

¡BUUUUUUUUUUUUUMMMMM!

La fuerza de la explosión hizo que una avalancha de

magia saliese disparada y rebotase por toda la gran sala en forma de ráfagas de aire violentísimas y de bolas de fuego del tamaño de calabazas que volaban por doquier, lo que agujereó el techo e hizo destrozos por todos lados.

Tras provocar la enorme explosión, la espada mágica surcó el aire y atravesó las vigas del techo de la sala principal en dirección a la habitación de Xar, donde desapareció sin dejar rastro.

Cuando se despejó la humareda, Xar y Saqueador estaban tumbados en el suelo tosiendo y tratando de respirar, tras haber salido despedidos por la onda expansiva.

Bajo los pies de Xar se había abierto una enorme grieta que había dejado la sala partida prácticamente en dos.

—PERO ¿QUÉ ESTÁ PASANDO AQUÍ?

La voz del rey Encantador sonó tan fría como el hielo.

9. Encanzo, el rey Encantador

El rey Encantador era un hombre alto al que la magia había hecho crecer aún más. Por curioso que suene, resultaba difícil de mirar, ya que parecía como si la forma de la cara estuviese cambiando sutilmente, con los bordes desdibujándose y difuminándose en todo momento. Pero bajo aquel contorno en continuo cambio, en el cual la magia iba y venía como las olas del mar, el rey era estricto y rígido como un peñón.

Era un mago tan increíblemente poderoso que había algo en él que daba mucho miedo, incluso cuando estaba de pie sin decir nada. Tenía una uña negra en la mano derecha y al parecer había una historia que explicaba cómo se le había vuelto de ese color, pero nadie se había atrevido nunca a preguntársela.

Dos gatos de las nieves muy grandes y muy viejos se tumbaron uno a cada lado del Encantador, como si fueran estatuas que flanqueaban una puerta.

Xar y Saqueador se levantaron de forma apresurada y se quedaron firmes como un par de espantapájaros.

—¡Xar! —exclamó el Encantador—. ¿Qué ha pasado aquí? ¿Y por qué estás compitiendo en el Concurso de Hechizos? —Rebajó el tono frío y

El padre de Xar

El Hechicero

severo un momento para preguntarle—: ¿Ya puedes por fin usar la magia?

La voz del Encantador denotaba impaciencia. Mucha impaciencia, ya que parecía estar diciéndole a su hijo lo mucho que le gustaría que por fin pudiese manejar la magia.

—Sí, puedo —dijo Xar.

—¡No puedes! —interrumpió Saqueador.

—¿Y bien, Xar? —dijo el Encantador muy seriamente, y en esta ocasión se podía ver su decepción—. ¿Puedes usarla o no?

—Quizá no —admitió Xar, cabizbajo.

—Entonces ¿por qué estás participando en este…? —empezó a decir el Encantador, pero Saqueador estaba tan furioso que interrumpió a su padre bruscamente.

—¡Ha hecho trampas! ¡Se le ha ido la cabeza del todo! —bramó Saqueador—. Fue al Bosquimalo esta tarde con un plan estúpido para cazar a una bruja y quitarle la magia para usarla él y luego ha empezado a atacarme con esta esp…

Saqueador iba a contar al Encantador lo de la espada, pero, para su desgracia, su padre lo castigó por su falta de educación cosiéndole los labios mágicamente sin que siquiera pudiese acabar la frase. Un simple chasquido del meñique y Saqueador se quedó con la boca inmóvil como si tuviera el tétanos.

Regañón, profesor de Magia y Hechicería Avanzada y tutor de Xar, se entrometió entonces en la discusión. Era la viva imagen de la pomposidad; tenía la nariz como un bogavante y una barbilla pronunciada con papada temblorosa. Sus aires de dignidad y serenidad quedaron disminuidos porque lo seguían no solo algunos trasgos ancianos y muy distinguidos, sino también seis cochinillos que le gruñían de forma adorable.

—¡He intentado avisarte de esto en muchas, MUCHAS ocasiones, Encantador! —gritó Regañón—. ¡Y nunca has querido prestarme atención! ¡Esta solo ha sido la última trastada de entre una lista larguísima de malas conductas! La semana pasada, tu hijo trepó hasta el mástil del fuerte montado en su gato de las nieves, quitó la bandera de la tribu mágica y la cambió por unos calzones de Su Eminencia... también incendió el ala oeste del campamento...

—¡Eso fue sin querer! —interrumpió Xar para protestar—. Solo estaba chinchando a los trasgos de las chimeneas, pero no saben aguantar una broma. Además —añadió a toda prisa—, no fui yo ni estaba allí...

Y para su última queja, a Regañón se le puso una voz tan grave y cargada de ira que le tembló la papada como un flan.

—Y lo peor de todo es que ha echado una poción del Sinceramor en el abrevadero de los cerdos, ¡y ahora se comportan de una forma HORRIPILANTE!

Pese a lo tremendamente enfadado que estaba en aquel momento con su hijo menor, al Encantador se le escapó un ligero atisbo de sonrisa. Bajó la vista y vio como los cerdos contemplaban a su vez a Regañón, fascinados.

—Ah, claro, ya me preguntaba por qué habías decidido incluir a unos cerdos entre tus seguidores, Regañón... Un espectáculo muy poco ilustre para un mago tan eminente...

—¡Yo no he incluido a ningún cerdo! —soltó Regañón— ¡Tú hijo me los ha endosado! Esto no es asunto de risa, Encantador. La desobediencia de tu hijo y su incapacidad de hacer magia son motivo de deshonra para toda la tribu.

—¿Qué opinas sobre esto, Xar? —dijo el Encantador.

Si bebes de esta poción, te enamorarás al instante de la primera persona que veas. También funciona como suero de la verdad. El líquido, normalmente rojo, pasa a ser azul cuando la persona que sostiene el frasco miente.

MENTIRA
COCHINA

MENTIRA

VERDAD

Poción del sincero amor

Poción del sincero amor

Poción del sincero amor

—¡No tienes pruebas! —gritó Xar, agitando los brazos enfadado—. Soy Xar el Magnífico y ¡exijo un juicio justo!

—Por supuesto —dijo Encanzo el Magnífico—. ¿Me puedes mostrar lo que llevas ahí, Xar?

Señaló un envoltorio que sobresalía de uno de los bolsillos del cinturón de Xar.

De muy mala gana, su hijo sacó el envoltorio de su bolsillo y Encanzo insistió en que lo abriese. Era una bandera quemada de la tribu mágica en que había envuelto un frasco medio lleno de Sinceramor.

Encanzo sacudió la bandera.

—Vaaaya, vaya… Yo diría que esto es una prueba irrefutable, ¿no crees? Y por lo tanto te declaro… CULPABLE.

—¡Es la primera vez que veo esa bandera en mi vida! —proclamó el chiquillo.

Por desgracia, el que estaba sosteniendo la poción del Sinceramor en aquel momento era el propio Xar.

Y esta poción tenía dos propiedades fundamentales. La primera era que, si la tomabas o la olisqueabas, caías rendido a los pies de la primera persona o animal que vieses a continuación. La otra era que pasaba de ser roja a azul cuando la persona que la sostenía mentía.

Encanzo comprobó cómo el líquido de la poción cambiaba gradualmente de un rojo granate a un añil grisáceo.

—¡Alguien tiene que haberme metido esa bandera y esa poción en el bolsillo porque mías fijo que NO son! —siguió mintiendo Xar, esperando librarse de una buena.

El tono grisáceo de la poción del Sinceramor fue oscureciéndose hasta que se volvió negro del todo, de tan descarada que era la mentira. El frasco se llenó de humo y empezó a vibrar en la mano de Xar; entonces el tapón salió disparado y el chico lo alcanzó de milagro, apresurándose a volver a colocarlo. Sin embargo, unas cuantas gotitas de la poción salpicaron a los lechones, que seguían sentados admirando a Regañón y que, al ser rociados, volvieron a levantarse para gruñir como locos, hacer cada vez más ruido y llamar la atención del ilustre mago.

—¡AAAAAHHH! —gritó Regañón mientras intentaba quitarse de en medio a los cerditos—. ¡FUERA DE AQUÍ! ¡TSS! ¡CRIATURAS DEL DEMONIO, LARGO!

Xar fue el único que no contuvo la risa, porque al Encantador ya le había dejado de parecer gracioso todo aquello. Tenía una mirada feroz, como la de un águila, clavada en su hijo menor; había fruncido el ceño completamente y de las cejas encrespadas parecían saltarle chispas.

—Ya no solo eres culpable de todas las cosas que han dicho Regañón y Saqueador, también eres un mentiroso y un ladrón —declaró rotundamente el Encantador.

¡Maldito fuera ese enorme incordio de padre! ¿Por qué tenía siempre que hacerlo sentir tan diminuto?

—Y ya va siendo hora de que dejes estas ridículas bromitas tuyas y CREZCAS —dijo el Encantador—. Todas estas cosas son estupideces de niño pequeño, pero querer conseguir un suministro de magia malévola es un delito muy serio por el cual muchos magos han sido expulsados en el pasado…

—¡Y él DEBERÍA ser expulsado! —interrumpió Regañón, muy alborotado—. ¡El hijo menor de Encanzo el Magnífico, rey de los Magos, no puede usar la magia! ¡Es bochornoso! ¡Terrible! ¿Y SI NUNCA PUDIESE USARLA? ¡Seríamos el hazmerreír de los bosques!

A Xar se le revolvió el estómago de una forma muy desagradable.

—Solo te va a salvar de la expulsión lo absurdamente ridícula que era tu idea, Xar —dijo el Encantador—. Cualquier niño de trece años sabe perfectamente que las brujas se extinguieron. Y si en realidad hubiese aún alguna bruja ahí afuera, solo un insensato se acercaría a menos de cien metros de ella.

Encanzo señaló con un dedo a su hijo menor. Para él no hacía falta usar una vara en la que concentrar sus poderes; la magia brotó con tal pureza e intensidad que era incluso imposible verla.

La ropa de Xar se le apretó con tanta firmeza que apenas podía respirar. A sus pies, las grietas de la explosión sobre el suelo fangoso se transformaron en un patrón de serpientes que se retorcían entre ellas.

Las serpientes del suelo empezaron a moverse y, conforme se deshacía la maraña, adquirían una forma tangible y se deslizaban hacia arriba, enrollándose alrededor de las piernas de Xar, cuando sus prendas, ahora con vida, elevaron al joven mago en el aire, dejándolo inestable como una hoja que se balancea en la rama de un árbol. Las serpientes siseantes se transformaron en un líquido parecido al mercurio, después se solidificaron, adquirieron forma de cadenas y lo dejaron maniatado en el aire, aprisionado e inmóvil.

—¡SUÉLTAME! —gritó Xar muy alterado.

—Fuiste hasta el Bosquimalo, desobedeciendo mis órdenes —dijo el Encantador—. Ibas en busca de una fuente de magia oscura pensando traerla a este fuerte para poder ganar un Concurso de Hechizos. Hasta que decida el castigo que mereces, seguirás ahí arriba.

—¡No entiendo por qué tengo que merecer un castigo! —dijo Xar, lleno de rabia y dando patadas en el aire para quitarse de encima las cadenas—. ¡No es justo! ¡No entiendo por qué siempre la tomas conmigo!

—La tomo contigo porque siempre eres tú el que lo provoca todo —contestó el Encantador, enfadado.

Caliburn desplegó las alas y susurró algo al oído del rey.

—Le sugiero que tenga paciencia —dijo el cuervo—. Es muy importante ser paciente con los niños e intentar ver las cosas desde su punto de vista.

—He tenido MUCHA paciencia con el chico —masculló el Encantador—, pero llega un momento en que la paciencia se agota. El chico tiene que aprender a obedecerme; si no lo hace, será castigado.

—Cuanto más duro sea el castigo, más se rebelará él —advirtió Caliburn.

Dementor, el Embajador ante el Tribunal del Alto Mando Druida, se acarició la barba y levantó un dedo.

—¡Un chico sin poderes mágicos es señal de que los dioses están del todo disconformes!

—Es cierto —añadió Girandolli, el mago rival que siempre estaba intentando derrocar a Encanzo (una historia que dejaré para otra ocasión)—. Y, tal vez, que seas incapaz de castigar y controlar a tu hijo sea la señal definitiva de que no eres el dirigente adecuado para esta tribu…

Desde luego, ser padre y rey es más complicado de lo que parece.

Y todo el mundo piensa que puede hacerlo mejor que quienquiera que sea el padre o monarca en un determinado momento.

—¡SILENCIO, TODOS VOSOTROS! —gritó Encanzo, el rey Encantador—. Cuando necesite vuestros consejos, os los pediré. Xar solamente se está comportando como un crío desobediente que no para de fanfarronear delante de sus amigos porque aún no puede usar la magia.

Xar perdió la calma.

—¡Al menos yo estoy intentando hacer ALGO! —gritó—. ¡Al menos intento ACTUAR! No como tú, padre, ¡tú sí que nunca haces nada!

Todos los magos de la sala, sin excepción, se llevaron las manos a la cabeza y contuvieron la respiración a la vez. El Encantador se estremecía de rabia. Empezaron a saltar chispas de él y, por encima del techo, las nubes que asomaban se tornaron de un gris muy oscuro y comenzaron a retumbar truenos que hacían eco por toda la sala.

Caliburn se tapó los ojos con las alas. ¿Acaso Xar quería que lo expulsasen?

—¿Por qué no vamos a luchar contra el ejército guerrero? —gritó Xar.

—Ahí era justo a donde quería llegar —reiteró Girandolli con regocijo—. Hasta el propio hijo de Encanzo cree que su padre no está siendo un buen rey…

Girandolli se calló de un golpe, porque el Encantador hizo un chasquido minúsculo con el dedo y el collar que llevaba puesto el mago se encogió de forma inexplicable, así que tuvo que pasar un buen rato hasta que pudo respirar con normalidad.

—Sería una buena idea enfrentarnos a los guerreros si fuese una batalla que pudiésemos ganar —contestó el Encantador, tratando de mantener la compostura.

—¿Por qué piensas que no podemos ganar? —gritó

Xar—. Si de todas formas los guerreros nos están aniquilando y nosotros estamos aquí, escondidos en un bosque cada día más pequeño, de brazos cruzados y sin hacer nada más, aparte de preparar estúpidas pociones de amor y usar hechizos de segunda, mientras que ellos… ¡queman nuestro bosque, matan a nuestros gigantes y destruyen nuestro estilo de vida!

A Encanzo, el rey Encantador, le ardían los ojos.

—Nos estamos escondiendo de los guerreros como cobardes —siguió gritando Xar—. ¿Por qué nos has enseñado a ser cobardes, padre? A lo mejor es que tú mismo lo eres…

—¡Silencio! —vociferó el Encantador—. ¡O haré yo mismo que te calles! ¡Te coseré los labios con un hechizo!

—Pues hazlo, venga —dijo Xar—. Me da igual.

—¡Basta! —gritó el Encantador—. Ya he decidido tu castigo. Tú, tus trasgos y tus animales os quedaréis encerrados en tu habitación durante los próximos tres días.

—Eso no es suficiente —musitó Regañón, decepcionado.

A Xar pareció haberle afectado bastante.

—¡No! ¡Padre!

—Pues entonces no deberías haberme desobedecido, ¿no? —dijo su padre con su tono de voz más áspero—. Y ahora, estate callado.

—¡Yo fui el que no te hice caso! ¡No los castigues a ELLOS! ¡Castígame a MÍ! —dijo Xar, furioso.

—Tres días —dijo el Encantador, con aún más frialdad y completamente pálido—. Cada vez que hables añadiré un día más al castigo.

Xar abrió la boca para decir algo… y la volvió a cerrar.

—Cuatro días —dijo el Encantador—. No saldrás de tu habitación durante cuatro días. Y si vuelves a no hacerme caso y a desobedecerme, cogeré a todos tus animales y trasgos y los apartaré de ti PARA SIEMPRE.

A Xar eso sí le importaba. Vaya si le importaba. Se quedó absolutamente callado.

—Aquí el rey soy yo… —dijo el Encantador—. TODOS los que estáis aquí debéis recordarlo. Y Xar necesita que le recordemos quienes somos…

El rey miró a su hijo y continuó.

—Te tienes en muy alta estima, Xar, pero la realidad es que eres engreído, desobediente, terco como tú solo, increíblemente egoísta y, además, que quisieses conseguir magia malévola de una bruja demuestra que no entiendes ni un ápice lo que significa ser mago, ya que los magos debemos usar la magia buena, Xar...

»Esta es la última oportunidad para portarte bien —avisó—. Sé bueno, de lo contrario me veré obligado a expulsarte y a quitarte a todos tus animales y trasgos.

—¡NO TE IMPORTO NADA! —exclamó Xar

a grito pelado—. ¡SOLO QUIERES UN HIJO QUE SEPA HACER MAGIA!

—¡SILENCIO! —bramó el Encantador.

Acto seguido, alzó los brazos una vez más, y a lo largo de toda la sala, en la que se habían destrozado columnas, pilares y escaleras en mil pedacitos por la explosión del círculo mágico, todos los fragmentos pequeños se elevaron del suelo y quedaron flotando con delicadeza en el aire, como un enjambre de abejas.

El Encantador movió los brazos como si fuera el director de una orquesta fantasmal, y los fragmentos seguían sus indicaciones.

—Es muy fácil destruir —dijo el Encantador—, pero yo no soy un guerrero al que le fascina la destrucción. Es mucho más difícil crear, y a eso nos dedicamos los magos. ¡Tocad, violines, tocad!

Los violines salieron zumbando en el aire y empezaron a tocar por sí solos, y los miles de fragmentos diminutos que fluían a la deriva a través de la gigantesca sala como el humo de un incendio forestal empezaron a bailar al son de la música, con unos movimientos tan vigorizantes que los magos sentían el calor que generaban mientras contemplaban atónitos aquel espectáculo.

Era una demostración muy efectista de lo que el Encantador era capaz de hacer, ya que crear requería una magia mucho más compleja que destruir, y no había nadie que pudiese practicar una magia tan poderosa como esta. Lo estaba haciendo para dar una lección a su hijo y para recordar a Girandolli y al resto de magos allí reunidos los ideales que los magos debían seguir.

Y funcionó. Hasta Girandolli se quedó con la boca abierta (eso sí, a disgusto y murmurando palabrotas).

—Crea, Xar, crea y entonces me dejarás impresionado —terminó de decir el Encantador, a la vez que giraba y giraba los brazos de forma majestuosa al ritmo de la música que él mismo había inspirado—. Y mientras tanto, te quedarás en tu habitación hasta que te lo ordene.

¡BAAM!

En una descarga final de magia abrumadora que iluminó la sala como haría un relámpago, los miles de fragmentos en el aire se reunieron y reconstruyeron las columnas por completo. Las grietas del suelo se cerraron y tanto la ropa como las cadenas-serpiente voladoras que inmovilizaban a Xar se lo llevaron arriba hasta su habitación, donde la puerta se abrió sola y las cadenas, balanceándose de atrás hacia adelante, lo dejaron en el suelo.

El Encantador hizo un gesto a los animales y a los trasgos de Xar, que salieron de la sala y se fueron subiendo las escaleras, incluido Caliburn, que volaba agitando las alas sin entusiasmo.

La puerta del cuarto de Xar se cerró de golpe cuando todos entraron.

—No será suficiente —dijo Saqueador, al que por fin se le habían despegado los labios—. Regañón tiene razón, tendrías que haberlo expulsado.

El Encantador le rugió a Saqueador, algo poco usual, ya que su hijo mayor solía ser el preferido. Y cuando digo «rugir», quiero decir que abrió la boca y un huracán de magia furibunda salió de su garganta con tanta potencia que empujó a Saqueador al suelo.

Y justo después, Encanzo se fue con paso airado, se sentó en su trono y se quedó pensando con las manos en la cabeza: «¿Qué le pasa a Xar? ¿Por qué todavía no sabe hacer magia? Le he dado el mejor gigante del lugar, el árbol más distinguido, el consejero más brillante, Caliburn... ¿Por qué, aun así, no puedo controlarlo?».

Desde luego, ser padre y rey es más complicado de lo que parece...

10. Quince minutos antes, en la habitación de Xar

ar regresó a su habitación, que estaba bastante distinta a como la había dejado hacía tan solo quince minutos.

Habían pasado cosas malas en ella. Y estas cosas malas les habían pasado a Wish, Espadín, los trasgos y a los animales, todos ellos allí encerrados por Xar, si te acuerdas.

Cosas muy muy malas.

Para explicarlo, tengo que retroceder en el tiempo. Quince minutos antes, para ser más exactos.

Claro que en la vida real es imposible ir atrás en el tiempo. Creo que eso ya lo he dicho alguna vez. Sin embargo, yo sí puedo hacerlo, que para eso soy el dios de esta historia, lo que me concede quizá más magia de la que me convendría.

Imagina la habitación de Xar hace quince minutos.

El Concurso de Hechizos se está celebrando abajo y Wish y Espadín lo están viendo a través del suelo.

Estás en ese momento, cuando, de repente, entre la lluvia y la maleza, algo se acerca sigiloso, con

pasos invisibles. Es algo viejo, oscuro y muy muy malvado.

Podría ser un alientofétido sediento de sangre. Podría ser un hombre lobo en busca de que Xar se una a su manada. O podría ser...

Cualquier otra cosa.

Normalmente, el campamento mágico estaría completamente protegido por una barrera invisible de magia que rodeaba todo el territorio del bosque. Sin embargo, cuando Xar introdujo la espada en la fortaleza, el hierro hizo un agujero en esa magia y formó un sendero que llevaba al tronco del árbol y entraba por la habitación de Xar. El poder del hierro es tal, que CUALQUIERA o CUALQUIER COSA que tome la senda que el hierro ha abierto, no podrá ser detectado por la magia...

Qué mala pata, porque las dos plumas que estaban en la chaqueta que Xar había dejado en la habitación, poco a poco empezaban a brillar por la punta con un color verdoso.

Los gatos de las nieves, Espachurro, Tormenta y el oso, habían caído rendidos después de haber pasado un bonito día al aire libre fabricando trampas para brujas y paseándose por el Bosquimalo.

Pero un cambio en el ambiente hizo que Espadín y Wish levantaran la mirada del suelo invisible de la habitación de Xar, sobre el que estaban arrodillados, y miraran a su alrededor con un mal presentimiento. La cuchara encantada estaba tiritando en la cabeza de Wish.

Bajo ellos podían oír el ajetreo del concurso. Pero fuera, en el bosque, la tormenta, los truenos y relámpagos y el viento que sacudían la habitación de Xar como si fuera una cuna que un chalado estuviera meciendo, cesaron de repente.

Los truenos pararon y en su lugar se hizo un silencio escalofriante, como si el bosque que los envolvía se hubiera inclinado para mirar algo misterioso y aterrador dentro de si.

El único sonido que se oía era el del agua que

goteaba por los bordes del hechizo invisible que los cubría... plop... plop... plop.

A través del hechizo, Wish veía el cielo estrellado y las ramas de los árboles demasiado inmóviles, como si estuvieran pintadas en el cielo oscuro. Sentía el mismo frío que cuando los perseguían por el bosque aquella misma tarde. El frío le calaba los huesos.

Y horrorizada, Wish vio como las plumas negras que estaban dentro de la chaqueta de Xar habían adquirido un fulgor amarillo verdoso que se encendía y apagaba como al ritmo de la respiración de una persona.

Se notaba el aire tan denso en la garganta que pensó que iba a ahogarse. Era como si unas hormigas le estuvieran trepando por el pelo y se lo erizaran uno a uno.

Sobre ellos, el hechizo parecía un cristal con agua de lluvia ya acumulada. Pero ¿había algo más? ¿Era eso una sombra que se movía como si no fuera real, con un movimiento desagradable, ondulante y repulsivo que borraba las estrellas del cielo a su paso? ¿O era solo producto de la imaginación y del cansancio de Wish, tras un día largo, aterrador y agotador?

No, estaba convencida de que una figura oscura se movía de una forma pegajosa tras el cristal... Creía estar convencida, vaya.

«¿Qué se dice de las brujas? ¿Que eran invisibles

como los fantasmas, pero debían volverse visibles para atacar? ¿O que sus manos pueden traspasarte como el aire?»

Y entonces, muerta de miedo, se dio cuenta de que no era un espejismo.

Aguzó el oído y captó susurros en la invisibilidad.

Plop... plop... plop... plop.

Susurros... susurros... susurros.

—Íuqa átse... íuqa átse... íuqa átse.*

—¡Despierta! —dijo Wish con voz ronca a los gatos de las nieves, a Espachurro y Tormenta—. Despertad YA, tenemos que salir de aquí.

El viento volvió a soplar y el par de ráfagas que entraron trajeron un olor denso y rancio a BRUJA, una pestecilla agria de rata envenenada y lengua de víbora cuyo veneno letal encuentras en una botica.

Los gatos de las nieves, dormidos bajo las hojas, se despertaron por el olor. Aún adormilados, abrieron los ojos y al instante supieron que tenían que permanecer en silencio, como ciervos que huelen a un zorro.

Tormenta abrió los ojos, primero uno y luego el otro, y cuando vio las plumas brillantes y palpitantes, se quedó tan paralizada que parecía una figurita de porcelana.

Espadín intentó abrir la puerta.

---

* Las brujas hablan el mismo idioma que nosotros, pero con el orden de las letras de cada palabra invertido. Esto significa: «Aquí está... aquí está... aquí está...».

Pero Xar, por supuesto, la había cerrado.

—¡Estamos encerrados! —dijo Espadín inmóvil por el miedo—. ¡No podemos salir de aquí! —admitió antes de desmayarse agarrando aún el pomo de la puerta.

—¡Espadín! —chilló Wish—. ¡Despierta AHORA MISMO!

Espadín se despertó sobresaltado, balbuceando:

—¿Dónde? ¿Qué? ¿Cómo?

—El cuarto de Xar... —dijo la princesa con la respiración entrecortada—. El campamento mágico... Nos está atacando algo que da bastante mal rollo...

—¿¿¿Qué esss??? —susurró Tormenta, mirando hacia arriba y cogiendo con fuerza su varita.

—¡La espada! Ay, por los dioses de las aguas mansas y bravas... ¡¡¡Necesitamos la espada encantada!!! —gritó Wish.

¿Ves? Nada es por accidente.

Hay una razón por la que la espada encantada salió disparada de la mano de Xar en ese justo e inoportuno momento en el concurso de hechizos.

Asumámoslo: Wish necesitaba la espada en ese momento mucho más que Xar.

¡RAAAAAAAAS!

La espada encantada rebanó el techo del salón principal donde se celebraba el concurso de hechizos y atravesó el suelo hechizado de la habitación de Xar.

Tal fue el estruendo, que a Wish casi le da un patatús de muerte y a Espadín, que aún seguía agarrado al pomo de la puerta, lo despertó del desmayo.

La espada, agitándose de un lado a otro, levitó en la habitación de Xar y apuntó hacia la superficie cristalina del hechizo que los cubría, justo a un brazo de distancia de Wish. Solo tenía que acercarse y empuñarla.

¡Gracias a las hiedras, muérdagos y a todo tipo de aguas estancadas!

—*Antaño había brujas* —dijo Wish en voz baja, leyendo el mensaje en la espada—, *pero las maté*.

Levantó el brazo. Agarró la espada.

Se oyó un chillido fantasmal, agudo y penetrante, que venía de arriba: lo que sea que estuviera allí se abalanzaba sobre ellos.

La figura ondulante se volvió oscura y muy sólida.

Hubo un momento de confusión...

Algo con una fuerza descomunal DESTROZÓ el hechizo invisible que los cubría...

Se oyó un chillido que parecía una maldición...

... y a través del cristal que quedaba por encima de Wish, tres garras desgarraron el hechizo.

Tres increíbles garras que eran muy reales, muy largas, de color amarillo verdoso, curvadas y afiladas como espadas.

Wish gritó.

Si no fuera por el hechizo, ya estaría hecha pedazos: el hechizo había retenido esa cosa, que acabó chocando contra la superficie.

Se vieron las grietas en zigzag a lo largo del cristal, como el hielo antes de romperse.

Wish alzó la magnífica espada, y esta saltó y se elevó hacia el cristal, donde se oyó otro alarido cuando el hierro de la espada traspasó el hechizo y se hundió en algo blandito...

La cosa esa, la sombra oscura y gigante que se cernía sobre ella, volvió a chillar y ya no se movió más.

Wish sacó la espada y se oyó un ruido desagradable y chirriante.

—Por favor —suplicó Wish—, por favor que esté muerta...

Por un momento, se hizo el silencio.

¿Tal vez esa cosa estaba muerta? Le había hundido la espada hasta el fondo, o al menos eso le había parecido...

Mientras, en la habitación, los gatos de las nieves rugían y Espadín no paraba de repetir, bastante aterrado:

—Ay, madre mía... madre mía... madre mía...

Wish veía como la figura oscura y opaca permanecía quieta, desplomada sobre el cristal.

«La he matado —pensó Wish con profunda tristeza—. La he matado de verdad.»

Tormenta miró la espada, boquiabierta y horrorizada.

—No toques la espada... —murmuró el trasgo.

La punta de la espada estaba cubierta de una sustancia verde y densa

¡Tenss cuidado, princesa, tenss cuidado!

muy
extraña que
parecía echar
humo.

Una gotita se
estremeció en la punta, y,
como a cámara lenta, cayó...
justo en dirección a la mano de
Wish.

Pero Espachurro fue zumbando hasta
ella y dijo:

—¡¡¡Tensss cuidado, Wish, tensss cuidado!!!

Y con el objetivo de mantener a la princesa
a salvo, se puso entre su mano y la
gota verde y pegó un grito cuando
esta le cayó encima. El pobre trasgo
sacudió la mano para desprenderse
de la sangre verde y humeante.

Muerto de miedo, Espachurro
echó a volar gritando y sacudiendo
la mano. Wish intentó atraparlo y
tranquilizarlo. Mientras, Tormenta
gritaba como una chalada:

—¡No lo toques! ¡No lo toques!

Aparecieron más grietas en la superficie del hechizo, como las que aparecen en un lago congelado, y justo después, se rompió.

—¡ALEJAOS DE LA CAMA! —gritó Wish.

Los gatos de las nieves y los trasgos se apartaron y saltaron a un rincón. Justo a tiempo. Al cabo de un segundo, el hechizo estalló y los trocitos que se desprendieron volaron por toda la habitación. El agua fría de lluvia que se había quedado allí estancada salpicó y empapó la cama como si le hubieran echado cubos de agua fría. La figura oscura también cayó, se llevó la cama por delante y siguió cayendo y cayendo… e hizo un agujero de un color verde chillón tan grande en el suelo, justo en el centro de la habitación de Xar, que ahora parecía un sumidero.

Un sumidero de dos metros de profundidad con el cadáver de una bruja en el fondo.

—Creo que está muerta —susurró Wish en el borde del agujero, temblando como una hoja—. Por lo menos no se mueve. ¿Estás bien, Espachurro?

—NO essstá bien —susurró Espachurro sacudiendo la mano—. NO essstá bien… Es magia mala… magia muy mala.

Mientras hablaba, la mancha verde le subió por el brazo y siguió hasta su corazón y su cabeza: lo dejó tan rígido como una rama. Al segundo, se desplomó en el suelo, temblando y estremeciéndose.

Tal y como he dicho, han pasado cosas muy malas en la habitación de Xar.

Cosas realmente muy malas.

En quince minutos puede pasar de todo.

11. Xar recibe más de lo que esperaba

ar no notó nada raro al entrar, después de que la magia del Encantador abriera la puerta de su habitación. Las cadenas voladoras lo lanzaron adentro y Caliburn, que iba detrás, tuvo el tiempo justo para entrar antes de que la magia cerrara la puerta de nuevo.

¿Por qué iba a pensar que habría algo diferente? Había salido de ese mismo cuarto hacía tan solo quince minutos.

Además, estaba demasiado ocupado gritando a la puerta todo tipo de insultos y maldiciones de lo más creativas, y dándole patadas también, para darse cuenta del ambiente inquietantemente tenso y silencioso, conmocionado incluso, que reinaba en la habitación hecha añicos que tenía detrás.

—Esto... Xar... —dijo Caliburn—. Creo que tenemos un problema.

—¡Ya sé que tenemos un problema! —aulló Xar—. ¡Mi padre y mi hermano no se dan cuenta de lo importante que soy! ¡Nadie se da cuenta!

—No, me refiero a un problema de verdad.

Xar se dio la vuelta. Se le desencajó la mandíbula.

Wish estaba de pie, bastante afectada, empuñando la espada encantada.

—¡TÚ me has robado la espada! —gritó Xar histérico—. ¡Todo es culpa TUYA, guerrera ladrona de pacotilla! ¡Estaba a punto de derrotar a Saqueador y TÚ lo has echado a perder! ¿Cómo lo has hecho, hija traidora de la reina Sychorax?

Xar fue a coger la espada y los trasgos chillaron a la vez:

—¡¡¡No toquesss la essspada!!!

Y fue entonces cuando se percató de que las cosas habían ido peor de lo que pensaba.

En realidad, su habitación siempre estaba hecha una leonera. Pero ahora, justo en el centro, donde solía estar la cama, había un agujero enorme de dos metros de profundidad.

Wish y Espadín estaban a cada lado, con cara de pena.

—¿QUÉ LE HABÉIS HECHO A MI HABITACIÓN? —gritó Xar con la voz medio ahogada—. Madre mía, os he dejado solos

¿QUÉ LE HABÉIS HECHO A MI HABITACIÓN?

198

quince minutos, ¿¿¿qué le habéis hecho a mi cuarto???

Espadín señaló el fondo del agujero.

—Nos ha atacado una bruja. La hemos matado.

—¡Ay, por las hiedras y muérdagos y cosas verdes de largos bigotes! —exclamó Xar con los ojos completamente fuera de las órbitas—. ¿Estáis seguros de que era una bruja? ¿No sería un alientofétido que quería recuperar su sangre?

—Mira tú mismo... —dijo Espadín.

Xar miró dentro del agujero, y ahí, en el fondo, había algo inmenso, oscuro y muerto, con grandes alas con plumas por brazos y una nariz que parecía un pico. Y aunque no se estuviera moviendo, la cosa esa arrugada y con plumas desprendía un hedor a magia negra tan fuerte que tuvo que apartarse.

Sí.

Nunca había visto a una bruja, pero sí, era una bruja.

Ay, por los pelos de la nariz del Gran Gruñogro Greñudo... ¿Qué le acababa de decir su padre sobre obtener magia de una fuente de procedencia oscura?

La realidad a veces difiere de lo que nos imaginamos y lo que acababa de pasar con su padre le había hecho darse cuenta de que quizás Encanzo no se tomara tan bien como pensaba lo de tratar con brujas y magia negra.

¿Y a qué venía esa amenaza de quitarle a Xar sus queridísimos animales y trasgos?

—«Pórtate bien» —dijo Xar entre dientes—. Mi padre me acaba de decir que me porte bien... Creo que esto no cuenta como portarme bien, ¿verdad?

Xar miró otra vez por el agujero, medio en trance.

—¿Un agujero del tamaño de un dolmen asombrosamente grande en el medio de mi HABITACIÓN con una BRUJA dentro?

Sacudió los brazos, alterado.

—¿¿¿Cómo nos vamos a DESHACER de eso??? ¡Tenemos que sacarla de aquí! ¡Mi padre me ha dicho que si lo desobedecía otra vez me expulsaría! Y esto contará como si lo hubiera desobedecido unas CINCUENTA veces, ¿no?

—¡No puedes tocarlo! —gritaron Tormenta y Ariel—. ¡Ni te acerques!

—¿¿¿Cómo nos podemos deshacer de algo que no podemos tocar??? —dijo Xar—. Podríamos cubrirlo con algo, pero ¿con qué?

Empezó a arrastrar hojas con el pie hasta el agujero, pero era como intentar tapar un volcán con copitos de nieve.

—Y eso no es lo peor de todo —dijo Wish, tragando saliva.

Wish colocó con cuidado la espada en el suelo y abrió un trozo de tela que tenía en la otra mano. Espachurro estaba tendido dentro y no dejaba de temblar.

VALE. Cuando Xar creía que las cosas no podían ir peor, fueron a peor.

—¿Qué demonios le ha pasado a Espachurro? —preguntó Xar.

—Le ha caído encima sangre de bruja —dijo Wish con tristeza—. Lo siento mucho, Xar.

—¿Y tan malo es? ¿Qué significa eso? ¿Qué le pasa?

Espachurro había pasado a tener un color verde jade y se le habían encogido las alitas como si un puño invisible las hubiera aplastado. De vez en cuando paraba de temblar y se quedaba tieso, como si estuviera congelado y luego volvía a temblar de forma brusca.

—La princesssa essstá a sssalvo... —decía Espachurro—. Esssstá bien. Todo esssstá bien...

Pero se podía apreciar en sus ojitos que estaba terriblemente asustado por lo que estaba pasando.

Caliburn dijo con tristeza:

—Los trasgos son criaturas mucho más pequeñas que tú, Xar. La sangre de bruja los afecta mucho más. Has metido a este trasgo en un problema bien gordo.

—Se lo llevaré a mi padre —dijo Xar, con los labios blancos y entumecidos—. Mi padre puede hacer cualquier cosa.

Caliburn dijo de forma calmada:

—No creo que ni tu padre sea capaz de curar a Espachurro, Xar. —Era hora de asumir la dura realidad—. Puede que este trasgo muera muy pronto o se quede en coma y, cuando despierte, se habrá convertido en uno más del lado oscuro. Se convertirá en una criatura de la oscuridad y buscará que alguna bruja sea su maestra.

Se hizo un silencio horrible.

—Y eso significa que la mancha que tienes en la mano es sangre de bruja DE VERDAD —dijo Caliburn—. Lo siento mucho, Xar, ya te lo advertí. Querías tener magia y ahora tienes magia de la mala.

Xar giró la mano.

Ahí, justo en mitad de la palma, había una mancha de un color verde brillante. No había forma de taparla, igual que no había forma de tapar el agujero gigantesco con la bruja en el fondo que había en mitad de su cuarto.

Intentó limpiársela en la capa, pero no sirvió de nada.

—Ni siquiera consigo hacer magia con la sangre de bruja... —dijo Xar con tristeza.

—Como se entere tu padre de que eso es sangre de bruja —dijo Caliburn—, te mandará a un correccional de magia. Quizás la magia negra aún no te haya llegado al cerebro y puedan evitar que te conviertas al lado oscuro. Pero tu padre se verá obligado a expulsarte del mundo de los magos para siempre.

—¡No! —dijo Xar llorando—. ¡No!

—¿Qué pretendes que haga tu padre, entonces? —dijo Caliburn—. Los otros magos querían que fueras expulsado solo por INTENTAR encontrar magia negra. Pero lo has conseguido, Xar... Has ido al Bosquimalo, que está prohibido. Has traído hierro al campamento, que está prohibido. Has usado magia negra, que está prohibida. Y para colmo, has atraído a una bruja a nuestro territorio, que por supuestísimo está prohibido.

—¡NO! —gritó Xar.

—Ni tu padre puede retroceder en el tiempo, Xar —dijo Caliburn—. Nadie puede retroceder en el tiempo. Es imposible.

—La magia va de eso, ¿no? —dijo Xar—. De hacer cosas imposibles.

Se hizo el silencio durante un rato.

—Algunas cosas ya están hechas y ya no pueden deshacerse —dijo Caliburn.

Ajá. Eso de «Trata a los demás como quieres que te traten o estarás acabado» es una ley algo dura.

—¡Guerreros estúpidos! —dijo Xar furioso—. ¡Todo esto es culpa vuestra! Esta es vuestra estúpida espada y vuestra estúpida bruja. Nunca debería haber dejado a Espachurro con vosotros si no sabéis cuidarlo.

Wish y Espadín apartaron la mirada, ya que Xar, «el chico que nunca llora», estaba llorando.

En el fondo de su alma, Xar sabía que no podía culpar a Wish y a Espadín por lo que había pasado.

Sentía un profundo sentimiento de culpa por haber sido responsable de todo. Espachurro confiaba en él y si no pudiera salvarlo, no se lo perdonaría nunca.

—Lo siento mucho, Espachurro —dijo Xar apenado—. No era mi intención que pasara esto... Tiene que haber alguna forma de arreglarlo y poner las cosas en su sitio.

—Confío en tú, mi sssñor —dijo Espachurro con labios temblorosos y verdes, mirando a Xar con ternura—. Tú ssser mi líder, tú rescatarásss porque essso esss lo que hace un líder.

Xar se lo metió con cuidado en el bolsillo delantero del chaleco y después se tapó la cara con el brazo.

—OJALÁ no hubiera deseado tener magia —dijo con intensidad—. Daría lo que fuera para que Espachurro se recuperara. OJALÁ no hubiera puesto esa estúpida trampa para brujas, OJALÁ, OJALÁ, OJALÁ...

Pero por mucho que lo deseara, no podía retroceder en el tiempo.

Todo el mundo quería que Xar aprendiera una lección, pero

lo que había ocurrido era, de lejos, la peor forma de escarmentar que nadie podría haber imaginado. Y era horrible verlo llorar, sentadito, tan pequeño y callado, y tan triste, impropio de Xar. Hasta se le había despeinado el tupé.

Wish le daba palmaditas de compasión en la espalda mientras lloraba. Los animales y los trasgos hacían como si no vieran que estaba llorando.

De hecho, de vez en cuando, Xar exclamaba:

—¡NO estoy llorando y MATARÉ a quien diga lo contrario!

Y los trasgos hacían como que tenían mucho miedo, solo para hacerlo sentir mejor.

En el salón de abajo, la música se paró de golpe y se empezaron a oír murmullos.

Xar se apartó el brazo de la cara y se puso alerta.

—Essscucha... —susurró Tormenta—. Alguien ha debido de darse cuenta de la brecha en la magia que rodea el fuerte y se lo habrán dicho al rey Encantador...

Los tres chiquillos se miraron, luego al trasgo verde moribundo y luego al agujero con el cadáver de la bruja en medio de la habitación.

—Sssabrán que tiene que ver contigo, Xar... van a venir... entrarán en la habitación...

Eso no era bueno. Nada bueno. No era nada nada bueno.

Wish miró a Xar, en cuyo rostro había

No podemos hacer nada...

desaparecido el descaro y ahora parecía afectadísimo por la situación crítica en que estaba su trasgo. Por un momento olvidó que Xar era un enemigo, que le había robado la espada y que los había secuestrado.

Wish extendió la mano y la colocó en el hombro de Xar.

—No desesperes, Xar —le dijo ella—. Todavía no es demasiado tarde... nunca es demasiado tarde. Tengo un plan para salvar a Espachurro.

Espadín empezó a inquietarse.

—¿Sí? —dijo Xar levantando la cabeza.

—¿Te acuerdas de que antes te he dicho que mi madre tiene una piedra arrebatamagia que guarda en las mazmorras? —dijo Wish—. Podrías venir con nosotros a la Fortaleza de los Guerreros y colarnos en las mazmorras de mi madre. Llevaríamos a Espachurro para que tocara la roca y así toda la magia mala de la bruja saldría de su cuerpo y se salvaría.

—¿Funcionaría? —preguntó Xar mirando a Caliburn con entusiasmo.

—Sí... no... ¡no sé! —dijo el cuervo—. En teoría, esa es la función de la roca: eliminar la magia... pero algo me dice que es una idea nefasta.

SIEMPRE se puede hacer algo, Espadín

—Ya, claro, normalmente tocar una piedra arrebatamagia es mala idea —dijo Xar, cada vez más emocionado—. Pero esta vez, queremos deshacernos de mucha magia, ¿verdad? Porque también podría tocarla yo y deshacerme de la sangre de bruja de la mano, que a mi padre no le haría mucha gracia y, además, tampoco funciona...

—Me pregunto qué le habrá pasado a Apisonador —dijo Wish pensativa—. Aún no ha vuelto, ¿verdad? Me preocupa que los guerreros de mi madre lo hayan capturado.

—¿Tú crees? —dijo él, preocupándose de inmediato, porque como era habitual en él, se había olvidado por completo—. ¿Insinúas que... puede que TAMBIÉN haya puesto a Apisonador en peligro? Guau... hoy está siendo un día funesto hasta para mí.

Xar se quedó alicaído de nuevo, así que Wish le explicó que, si finalmente iban a las mazmorras de Sychorax y Apisonador estaba ahí, podrían liberarlo.

—¡Es un plan brillante, así matamos dos pájaros de un tiro! —dijo Xar aliviado—. Para ser una enemiga y, además, una rarita, ¡se te ha ocurrido un buen plan! ¿A qué esperamos? ¡Vamos!

—¡Espera un segundo! —dijo Espadín, algo confuso por la situación—. ¡Es un plan horrible, princesa! ¡Me niego rotundamente! ¡No puedes llevar a este chalado al Fuerte de los Guerreros!

—Ahí tengo que dar la razón a Espadín —dijo Caliburn—. Como la reina Sychorax descubra a Xar, lo encerrará en las mazmorras para siempre y arrebatará la magia de todos los trasgos.

—¡Mi madre no es taaaan mala! —discrepó Wish—. ¡Es encantadora!

—Mmm, yo no diría encantadora exactamente —dijo Espadín con voz alicaída—. DA MIEDO. Así la definiría yo. Es una madre que da miedo.

—Es reina y madre, el trabajo de una madre es imponer respeto —dijo Wish.

—Pues hace muy bien su trabajo —dijo Espadín con escalofríos.

—De todas maneras, tenemos que ir a las mazmorras para devolver la espada de mi madre. Además, no podemos dejar que muera el pobre Espachurro, ¿verdad? —dijo Wish—. En parte también es culpa nuestra. Y mira, ha volado hasta nuestro lado...

Xar vio como Espadín se ablandaba al mirar el cuerpo rígido y tembloroso de miedo y dolor del trasgo peludo que sobresalía por delante del chaleco de Xar.

—Pobre Espachurro... —suspiró Xar—. No le gustará nada lo de quedarse en coma. Con lo que le gusta bailar, volar entre los árboles los días de viento de otoño... y ahora sus patitas permanecen inmóviles; y su voz, que cantaba a los ruiseñores, muda...

—¡PARA YA! —dijo Espadín tapándose las orejas con las manos.

—E incluso por Xar... —dijo Espadín— que es engreído, pedante y algo pesado...

—¡Ese soy yo! —dijo él orgulloso.

—¡No podemos dejar que lo expulsen de su clan! Xar ha cometido errores, pero ¿quién no merece una segunda oportunidad? Todos merecemos una segunda oportunidad —rogó Wish.

Espadín suspiró.

—Vale, vale —dijo—. Es una idea de locos, pero vale, os ayudaremos. Pero, Wish, tienes que prometerme que cuando pase todo esto, te comportarás como una princesa guerrera normal y corriente.

—Lo prometo —dijo ella.

Los tres se estrecharon la mano para sellar el acuerdo.

—Quién lo hubiera imaginado —dijo Xar sorprendido—. Magos y guerreros trabajando juntos...

El ruido de las voces y de pies corriendo cada vez se oía más cerca.

—Bien —dijo Xar acelerado—. Lobo, oso: vosotros os quedáis aquí. Caliburn, gatos de las nieves, trasgos: venid con nosotros. Necesitamos hacerlo rápido, así que tendremos que ir por la puerta... ¡Tormenta! ¡Haz el hechizo!

—¿PorquesiempresoyYOelquetienequehacerlotodo? —masculló Tormenta mientras sacaba un número seis de su bolsa y lanzaba uno de sus hechizos a la puerta de la habitación.

—¿A qué te refieres con lo de «ir por la puerta»? —preguntó Espadín, inquieto.

Como si estuviera respondiendo a su pregunta, se oyó un fuerte chirrrrrrido. La puerta de la habitación de Xar se desencajó del marco, se soltó de las bisagras y echó a andar balanceándose de un lado a otro hasta el centro de la habitación. Justo después se oyó un ¡PLOM! al caer al suelo, e inmediatamente, se elevó un poco entre una nube de polvo.

Xar se subió encima gritando:

—¡Vamos, chicos! ¡Rápido! ¡Corred!

—Ay, no... —dijo Espadín, negando con la cabeza bruscamente—. Los gatos de las nieves ya eran mala idea y ¡¿ahora pretendes que me monte en una PUERTA como si fuera una de esas alfombras voladoras de los cuentos?!

—No hay ningún peligro —dijo Xar, ayudando a Wish a subir—. Bueno, más o menos... Además, los gatos de las nieves corren más deprisa si no llevan a nadie encima... así que ¡CORRE!

—¡Venga, Espadín! —dijo Wish entusiasmada.

Los gatos de las nieves ya habían saltado por la ventana de la habitación de Xar y bajado las escaleras, conque ya era tarde para montarse en ellos.

Hasta la cuchara encantada se montó animada en la puerta junto a Xar y Wish. La cuchara se quedó mirando a Espadín expectante, como si esperara que este fuera de las personas para las que ver volar una puerta fuera una experiencia más emocionante que un suicidio.

«Ay, madre, tengo que hacerlo... No puede ser que una CUCHARA sea más valiente que yo. Pero ¿qué estoy haciendo?», pensó Espadín mientras se subía a la puerta con Wish y Xar. La puerta ni siquiera estaba entera, tenía grietas y le faltaban trozos, se veía que había tenido una vida difícil.

—Juntos por la magia... juntos por la magia —se repetía Espadín para tranquilizarse.

Xar giró con ímpetu la llave en la cerradura hacia la derecha. A Espadín le dio el tiempo justo de sujetarse a la puerta antes de que diera una fuerte sacudida y saliera volando, atravesando el techo inexistente hasta perderse en la noche.

Durante los primeros cinco minutos, Espadín tenía tanto miedo que ni siquiera abrió los ojos. Se concentraba en no caerse, ni desmayarse, ni vomitar por los zarandeos del viaje en puerta voladora.

Y cuando los abría, se arrepentía al segundo: zigzagueaban entre los árboles para esquivarlos y, a través de las grietas desiguales de la puerta, veía correr a los gatos de las nieves y la luz parpadeante de los trasgos.

Espadín emitió un gemido de miedo.

A Wish le brillaban los ojos de lo bien que se lo estaba pasando. Xar y ella gritaban eufóricos cada vez que la puerta esquivaba un obstáculo.

A decir verdad, Xar era un excelente, aunque imprudente, conductor de puertas voladoras. No tuvieron problema para atravesar el bosque, ya que la puerta se balanceaba y se elevaba por los aires como un halcón peregrino gracias a la agilidad y la destreza de Xar manejando la llave que hacía de volante.

—Nos vamos a estrellar... Nos vamos a estrellar... —se lamentaba Espadín.

—NO nos vamos a estrellar —dijo Wish exultante mientras se elevaban por el cielo—. ¡Estamos volando como si fuéramos PÁJAROS! Estaremos de vuelta antes de mañana por la mañana, curaremos a Espachurro, liberaremos a Apisonador y eliminaremos la magia mala de Xar...

—Nos la vamos a pegar, y si tu aterradora madre nos pilla colándonos en sus aterradoras mazmorras, nos meteríamos en un lío tan grande que no quiero ni pensarlo —dijo Espadín, con los labios blancos y los dientes que le castañeteaban.

—Pues no lo pienses entonces —le aconsejó Wish—. Puede que no nos pille, Espadín. Y TODAVÍA no nos hemos estrellado, ¿verdad? ¡Relájate ya y disfruta del viaje! No todos los días se viaja en puerta voladora. Déjate llevar.

Mientras se alzaban por los aires de forma espectacular y temeraria en la puerta voladora rota, mientras el viento de la noche les azotaba la cara, Espadín se dio cuenta de que, para su asombro, si se relajaba y se dejaba llevar, podía pasárselo bien como los demás.

El padre de Espadín se hubiera quedado asombrado —aunque no le hubiera hecho gracia— si pudiera verlo ahora. Las aventuras son así: sacan a la luz aspectos de ti que no sabías que existían.

Las plumas vuelan
y nosotros debemos
seguir su camino.
Ya te dije que el
bosque era
peligroso...

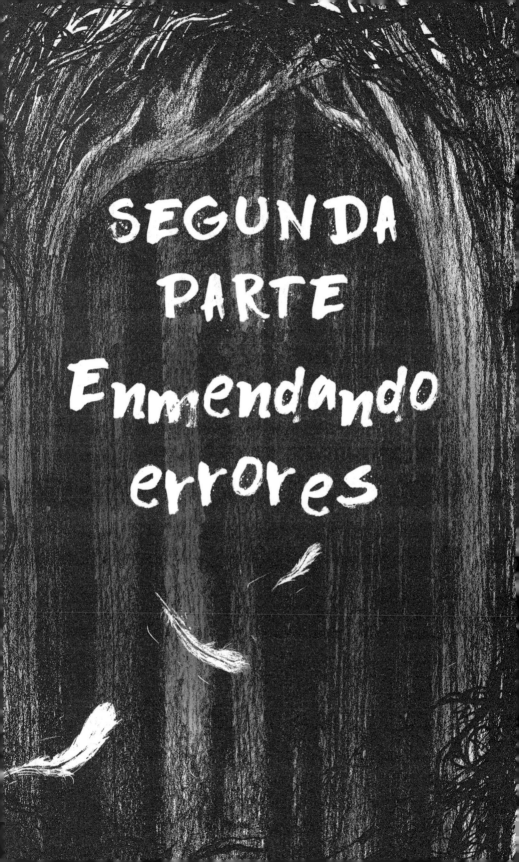

SEGUNDA
PARTE

Enmendando
errores

12. El Fuerte de los Guerreros de hierro

ar, los trasgos, los gatos de las nieves, Wish y Espadín estaban agazapados en los matorrales frente al fuerte de los guerreros de hierro.

Tenían un problemilla.

ESCAPARSE del Fuerte de los Guerreros protegido por siete zanjas y trece torres de vigilancia ya era bastante complicado, pero ¿COLARSE? Colarse era prácticamente imposible.

Y todavía es más difícil si vas con un mago con una mancha de sangre de bruja y un grupo de trasgos y gatos de las nieves.

Podían ver a los centinelas en las almenas pasearse nerviosos de un lado a otro, atentos a cualquier cosa que sucediera en el bosque.

Habían escondido la puerta en el bosque, pues una puerta voladora llama bastante la atención. Después Wish los llevó hasta la entrada del establo, que era por donde ella había salido. Esas puertas no dejaban de abrirse y cerrarse durante todo el día porque las partidas de caza entraban y salían continuamente.

Xar pidió a los trasgos que los protegieran

con hechizos de tiempo y de invisibilidad para poder acercarse sin ser vistos.

—Esssto ssssolo funcionará hasssta que entremosss en el fuerte. La magia de Tormenta no funcionará dentro —advirtió Tormenta—. Hay demasssiado hierro...

—No os preocupéis —dijo Xar con seguridad—, me he colado en fuertes más veces de las que vosotros habéis cenado caliente.

Los gatos de las nieves, trasgos, Xar, Espadín y Wish tardaron un poco en coordinarse y posicionarse bajo el puente levadizo.

Y el plan funcionó a la perfección... al principio.

Xar, Wish, Espadín y los gatos de las nieves entraron en el fuerte siendo invisibles al cobijo de los hechizos de Ariel y Tormenta.

Todo iba bien hasta que se adentraron en el patio del establo y los hechizos empezaron a dejar de surtir efecto por la cantidad inmensa de hierro que había alrededor. Xar se empezó a poner nervioso cuando vio como sus pies se volvían visibles l-e-n-t-a-m-e-n-t-e.

Wish y Espadín eran más visibles aún, aunque Espadín se materializaba por partes y durante un momento fue un siniestro torso flotante.

«Pero si pudieran llegar hasta el siguiente edificio... —pensó Xar, muerto de miedo— quizá podrían ocultarse en las sombras...»

—Corred —susurró—. Corred.

Demasiado tarde.

Un centinela se dio la vuelta y vio la parte inferior de un gato de las nieves, que cada vez se veía más, saltando por el establo de la reina Sychorax.

—¡MAGIA! —rugió el centinela.

Los habían descubierto.

Wish tuvo que pensar en otro plan sobre la marcha.

—¡AYUDA! —se puso a sollozar Wish, que ya se había vuelto visible del todo—. ¡AYUDA! ¡AYUDA! ¡AYUDA! ¡QUE ALGUIEN ME AYUDE! ¡ATAQUE DE MAGO!

Los guardias guerreros se dieron la vuelta: allí estaba la hija rarita de Sychorax señalando a un mago con tres gatos de las nieves furiosos y un grupo de trasgos.

—¡ATAQUE DE MAGO! —exclamaron los guardias—. ¡Activad las alarmas!

Por razones obvias, los magos no suelen atacar a los guerreros; sin embargo, estos siempre están preparados para cualquier ataque. Y cuando digo preparados, me refiero a tremendamente preparados.

Por todos lados se oía el ruido escandaloso de las armaduras, de las espadas chirriantes y del calzado de metal de los soldados de la reina Sychorax que entraban en acción.

—¡EL ATAQUE ES EN EL TERCER

CUADRANTE! ¡NECESITAMOS REFUERZOS!
—gritaron los guardias, que ya los habían rodeado
con las espadas y las lanzas listas—. ¡AVISAD A LOS
ATRAPATRASGOS! ¡QUE SE PREPAREN LOS
CAZADORES DE GATOS DE LAS NIEVES!
¡LLAMAD A LA POLICÍA DE LA MAGIA!

Los gritos se hicieron más fuertes y los soldados
de la Guardia Real aparecieron por todas partes del
establo.

«¡Ay, por los ojos saltones del duende
dientesverdes! —pensó Xar—. Hay muchísimos.
Nunca pensé que pudiera haber tantos guerreros EN
EL MUNDO.»

—¡Gatorreal! ¡Nocturnojo! ¡Ni se os ocurra
moveros! —ordenó Xar, ya que sabía que los gatos
de las nieves estaban ansiosos por lanzarse sobre los
enemigos y veía en los ojos de los guerreros que, si
movían un solo músculo, los matarían al instante.

Xar se llevó la mano al cinturón para sacar la
espada encantada...

... pero la espada no estaba allí.

Levantó la mirada. Wish estaba ya a diez metros
de él y en brazos de un guerrero enorme.

—¡La princesa está bien y a salvo! —chilló el
guerrero.

Una mirada a los ojos culpables de Wish bastó
para que Xar supiera todo lo que tenía que saber.

Estaba furioso.

¡Traidora! ¡Mentirosa!

Wish le había mangado la espada.

Había confiado en el enemigo y había caído en la trampa. Justo cuando se había relajado y bajado la guardia pensando que Wish estaba de su lado, la chiquilla había tenido la cara dura de robarle la espada cuando no estaba mirando.

(Claro que Xar había olvidado de forma muy oportuna que había hecho exactamente lo mismo hacía unas dos horas.)

Los magos eran muy buenos maldiciendo. Era una manía que habían adoptado de los druidas, que usaban las maldiciones y los insultos como forma de ataque a los enemigos.

Así que ese era el modus operandi de Xar, que gritó alto:

—TÚ, guerrera LADRONA, enana y traidora. ¡Mi padre tenía razón sobre vosotros! Sois unos TRAIDORES y unos LIANTES. ¡Y tú, Wish, eres tan RUIN como la repelente, odiamagos, asesina y malvada de tu madre!

—¡Ha insultado a la Reina y está buscando su arma! —exclamó el Guardia Jefe—. ¡Arqueros! ¡Eliminadlo!

Los arqueros del final de la formación de guerreros alzaron los arcos, coordinados y con una precisión impecable. Estaban tan bien entrenados que sería un placer verlos actuar, si no fuera porque iban a matarte a ti, claro.

—¡NO! —gritó Wish, en brazos del guerrero que la llevaba—. ¡NO VA ARMADO! ¡NO MATÉIS A NADIE O SE LO DIRÉ A MI MADRE!

Los guerreros no tenían reparo alguno en acabar con un mago desarmado. De hecho, lo hacían a menudo cuando Sychorax no los veía. Pero temían tanto a su reina que, indecisos y a regañadientes, bajaron los arcos.

—¡FIJAD LOS BLANCOS! —gritó el Guardia Jefe—. ¡SOFOCAD LA REBELIÓN! ¡LANZAD LOS ATRAPATRASGOS! CUANDO HAYÁIS ACABADO...

El Guardia Jefe paró, tomó aire y tragó saliva.

—Alguien debería informar a Su Majestad.

El ayudante del Guardia Jefe dio un paso al frente.

—Esto... ¿De verdad tenemos que decírselo?

—¡Pues claro que tenemos que decírselo! —ladró el Guardia Jefe—. De hecho, ya que has tenido el valor de cuestionar mis órdenes, tú serás el afortunado que irá a hablar con ella.

¡PAM!

Los guerreros atrapatrasgos lanzaron unas redes con pequeños pesos de hierro hacia los trasgos.

En el bosque abierto, los trasgos volaban tan rápido como las flechas, esquivaban los obstáculos y se movían con tanta agilidad que parecían destellos de luz y energía en el cielo.

Pero aquí el hierro que los rodeaba afectaba su habilidad para volar. Las pobres criaturitas tropezaban, se movían lentas y desorientadas y trataban desesperadamente de alejarse del temible hierro. Sin embargo, se quedaban enredadas en las redes, jadeando y esforzándose en respirar, como pececitos fuera del agua.

Atraparon a todos menos al pequeño peludo de Insectorro que se había metido en el bolsillo de Wish en cuanto estalló la revuelta.

Los guardias se aproximaron y encadenaron a Xar tan fuerte que solo le asomaba la cabeza. También encadenaron a los gatos de las nieves y a los lobos.

—¡ESPÁRRAGOS ENLATADOS! —bramó Xar. Estaba rojo como un tomate de rabia y así fue como lo vio la reina Sychorax cuando llegó al establo al poco rato. Se encontró a un mago encadenado hasta el cuello, que no dejaba de vociferar e insultar a sus tropas.

13. Las preguntas de una reina

En cuanto entró la reina Sychorax, los guerreros se inclinaron en una reverencia tan pronunciada que casi tocaron el suelo con la frente.

Sychorax daba escalofríos.

Claro que era una reina formidable, y, tal y como había dicho Wish, puede que las buenas reinas TENGAN que dar miedo.

Había quienes opinaban que una mujer era demasiado débil para gobernar a una tribu invasora de guerreros de hierro, pero no se atrevían a alzar la voz cuando lo decían por si Sychorax andaba cerca.

Eso sí, era encantadora... si por «encantadora» te refieres a «hermosa».

Su cabellera parecía una cascada de oro; era esbelta como un cirio, con un cuerpo que rondaba los dos metros de estatura y casi todo músculo, lo cual viene que ni pintado cuando eres una reina guerrera y te gusta que te vean entrar por la puerta grande.

Si su carácter era agradable o no... bueno, esa es otra cuestión completamente distinta, pero ya lo veremos más adelante.

Iba vestida de blanco y una única perla negra pendía de una de sus orejas.

La reina Sychorax hablaba con suavidad; su voz destilaba la dulzura dorada de la miel y la sutileza de la mordedura de una víbora. A esta soberana no le hacía falta alzar la voz, puesto que arrastraba a su paso un espeluznante manto de silencio en el que no pasaría desapercibido ni el ruido de un alfiler al caer.

Incluso Xar detuvo su sarta de insultos durante un momento.

—¿Y bien? —habló Sychorax, con esa voz delicada y agradable, tan limpia y dulce como la punta de un carámbano que te atraviesa la piel—. A ver, ¿dónde está ese ataque mágico que me ha despertado antes del amanecer de una manera tan abrupta?

El jefe de la Guardia Real, petrificado, dio un paso al frente y señaló a Xar, a los trasgos y a los gatos de las nieves moviendo su mano enfundada en los guanteletes de la armadura.

—Hemos logrado contener el ataque, Su Majestad —anunció el hombre.

—Sí… —dijo la reina mientras analizaba la comitiva responsable del asalto—. No es que haya sido una gran ofensiva, ¿no? Al menos no como para justificar el haber despertado a una reina tan temprano. Creía que disponía de los mejores centinelas de todo el mundo guerrero… ¿y aun así un mago esmirriado se las arregla para entrar en mi fuerte sin ser detectado?

—¡QUE DEN UN PASO ADELANTE LOS

SOLDADOS QUE HAN PERMITIDO QUE SE PRODUZCA ESTE ATAQUE! —rugió el jefe.

Los aludidos no tardaron en dar un paso al frente.

—Encerraré en la celda 308 a los centinelas que estaban en sus puestos. Tú eras el oficial al mando en ese momento, lo que te convierte en el responsable, de modo que puedes encerrarte también a ti mismo y deshacerte de las llaves pasándolas a través de los barrotes —sentenció la soberana—. No tengo por qué aguantar ni un fallo en este fuerte.

—Sí, Su Majestad. —El jefe se inclinó ante ella y enfiló junto con los demás soldados hacia la celda 308.

—¿Quién ha sido el primero en capturar al mago y a sus compinches mágicos?

—Vuestra hija —afirmó otro guardia, señalando a Wish.

La reina arqueó una ceja.

—¿En serio? —Parecía sorprendida—. No es muy propio de ella… con lo poco guerrera que es. —Acto seguido, añadió—: Liberad al prisionero.

—Pero, Su Majestad…, ¿estáis segura? —intervino el ayudante del jefe de la guardia—. Es un mago, al fin y al cabo…

La mirada que le lanzó Sychorax bastó para que le quitara las cadenas a Xar sin decir nada más.

Los guerreros y los habitantes del fuerte que merodeaban por allí retrocedieron un paso. No en vano los magos tenían fama de ser extremadamente peligrosos.

La reina se paseó en torno a Xar, observándolo como si fuera algún insecto inusual que viera por primera vez en su vida.

—¿Quién eres tú y qué estás haciendo en mi fuerte?

—Me llamo Xar y soy hijo de Encanzo, el Gran Rey Encantador —respondió el joven con un tono de orgullo en la voz—. ¡Los bosques salvajes pertenecen a los MAGOS, no a vuestros estúpidos sinmagia! ¡Sois unos invasores sin corazón!

Sychorax suspiró.

—Ay, la ignorancia de estos pobres magos. Nosotros representamos la civilización. El progreso. Míranos. Echa un vistazo a nuestras armas y nuestros ropajes, a nuestros tapices y muebles. En comparación, los magos no sois mucho mejores que los animales…

No podía negarse que el fuerte lucía sus mejores galas y se notaba que a la reina le encantaba el orden. Habían pulido todas las espadas y armaduras hasta hacerlas relucir como la plata. Incluso cepillaban a diario las barbas de las cabezas de gigantes que presidían el vestíbulo principal, muertas y bien muertas. El efecto en su conjunto era espectacular, y, en el fondo, Xar estaba impresionado por el grado de sofisticación del arsenal guerrero y el esplendor de su fuerte y sus vestiduras.

Se quedó paralizado durante unos instantes.

—Los trastos de los guerreros son peligrosos —le advirtió Caliburn—. Son una tentación…

—¿Y para qué ibas a necesitar esos cachivaches guerreros cuando puedes bailar bajo la luna al ritmo de la melodía de un violín? —rezongó Ariel—. ¿Merece la pena sacrificar tu libertad y tu espíritu errante?

—¡Eso es cierto! —convino Xar—. ¡Los guerreros llegasteis y nos arrebatasteis nuestros bosques! ¡Prometo que, cuando crezca y sea el líder de mi tribu, OS MATARÉ A TODOS!

La reina lo miró fijamente.

—Bueno, bueno… interesante. Podría asegurarme de que nunca crecieras, ¿sabes? O puede que Encanzo esté dispuesto a pagar con tal de que su hijo vuelva sano y salvo… Aunque también está la posibilidad de tomarte como rehén y entregarte únicamente si me promete que va a portarse bien…

Xar miró a la reina directamente a los ojos. No se asustaba con facilidad.

—¡Sois la reina guerrera más DEBILUCHA que he visto jamás! —exclamó el joven mago.

Sychorax parpadeó.

El patio entero contuvo la respiración.

La mirada de la soberana era tan afilada como una esquirla.

—¿Qué has dicho?

—¡Malvada destructora de los bosques! —chilló
Xar—. ¡Ojalá os despedace un alientofétido con sus
dientes hasta que no seáis más que un puñado de
insignificantes motas de polvo del tamaño de las pulgas
de los rasquitrasgos!

—¡No seas maleducado, Xar! —Se palpaba la
angustia en la voz de Caliburn.

—¡Sois la maldad con patas! ¡Orejipicuda! ¡Tenéis
el pelo como el del culo de un oso! ¡Y vuestra nariz
parece una patata puntiaguda!

Cuando Xar empezaba a maldecir, ponía toda
la carne en el asador. Había tenido un día difícil, ya
que Saqueador lo había humillado y su padre lo había
regañado, por lo que canalizó todo su temor y toda
su furia en inventar una larga y sofisticada retahíla de
insultos para la reina de los guérreros.

—Oh, no, Xar… —gimió Caliburn, tapándose los
ojos con las alas—. Estás pidiendo a gritos que te maten,
de verdad…

—Insúltame cuanto quieras, Xar, hijo de Encanzo
—susurró la mujer. Los ojos le resplandecían como
flechas implacables—. Pero eso no te ayudará a conseguir
tus propósitos. Por cierto, ¿qué pretendes?

De repente, Xar recordó el motivo que lo había
llevado hasta allí: quería salvar a Espachurro.

Interrumpió su verborrea, resoplando.

—¡Exijo que dejéis que mi mano y Espachurro

entren en contacto con la piedra arrebatamagia lo antes posible!

La soberana le dedicó una mirada de asombro. Estaba acostumbrada a los prisioneros que pedían, rogaban, suplicaban e imploraban que jamás los llevara ante aquella piedra horrible: «Por favor, por favor, reina Sychorax, haremos lo que queráis, pero no nos llevéis ante la piedra arrebatamagia».

Pero no estaba familiarizada con prisioneros que exigían que los llevaran hasta allí de inmediato al mismo tiempo que proferían una retahíla de insultos hacia ella.

Este mago podía ser un maestro del engaño. Sin embargo, las artimañas no eran algo fuera de lo común para ella.

Era astuta.

—¡Llevadme hasta la piedra! —bramó Xar—. ¡Tan rápido como el hatajo de imbéciles de vuestros guerreros pueda moverse con esos trajes de hierro de zopencos que llevan! ¡Es una emergencia!

Y se llevó la mano al bolsillo del pecho. Le temblaban los dedos cuando destapó a Espachurro.

Aquello era terrible. A Xar le dio un vuelco el corazón cuando vio que Espachurro tenía peor aspecto que nunca. Estaba verde como la esmeralda y temblaba de pies a cabeza como si hubiese enfermado de gripe; perdía la consciencia y se despertaba con el cuerpo rígido un momento y dando sacudidas por la fiebre al siguiente. El trasgo enfocó la mirada vidriosa durante un segundo como si supiera dónde se encontraba, sostuvo sus frágiles y pequeños brazos febriles en un gesto de súplica hacia Xar y hacia el resto de Gente Enorme y susurró:

—Ayudadme… Ayuda…

Xar se volvió hacia Sychorax.

—Quiero salvar a mi trasgo… —dijo él, descorazonado.

La reina se estremeció cuando miró a Espachurro.

—¿Qué le ha ocurrido? —preguntó, en tono sombrío.

—Tiene sangre de bruja dentro.

Los soldados y los ciudadanos dieron un grito ahogado y se alejaron aún más del joven mago.

Sychorax era una reina guerrera magnífica, por lo que de ningún modo podía mostrar que tenía miedo. Sin embargo, la expresión dura de su rostro le recordó a la de un diamante.

—¿Has dicho «bruja»?

—Pero si las brujas se extinguieron… —repuso el ayudante.

La voz de un guerrero se alzó desde la multitud:

—¡Mentiroso! ¡Todos los magos sois unos mentirosos! ¡No hacéis más que mentir!

—Vi a la bruja muerta con mis propios ojos —alegó Xar—. Era una de ellas, sin duda. Y me hizo… esto.

El muchacho levantó la palma de la mano, en cuyo centro destacaba una mancha verde.

—¡La mancha de las brujas! —exclamó la muchedumbre, que volvió a retroceder todavía más.

—¡Cobardes! —espetó la reina—. Según cuenta la leyenda, la sangre de las brujas solo es una amenaza si se mezcla con la sangre de UNO MISMO. ¡Enséñame esa mano, muchacho!

Él se la mostró de nuevo.

Sychorax miró fijamente la marca de color verdoso. Examinó a Espachurro también, cogiendo el pequeño bulto de las manos de Xar y escudriñándolo desde todos los ángulos.

Y entonces se dirigió hacia la multitud.

—Mis sospechas han resultado ser ciertas —declaró, sujetando al pobre trasgo envenenado para que todo el mundo pudiera verlo. Alzó su suave voz hasta dotarla de una firmeza que resonó por todo el lugar—. ¡LAS BRUJAS NO SE HAN EXTINGUIDO! ¡HAN REGRESADO AL BOSQUE!

El gentío retrocedió, horrorizado.

—¡NO ME EQUIVOQUÉ CUANDO DECIDÍ
QUE NOS EQUIPÁRAMOS CON ARMAS!
—continuaba diciendo la soberana a voz en cuello—.
Tampoco erré al redoblar el número de centinelas y
enviarlos a que se apostaran en las torres de vigilancia.

»Ahora comprendo por qué es urgente que acudas
a la piedra arrebatamagia, hijo de Encanzo. Como bien
has dicho, se trata de una emergencia. A menos que
tu trasgo entre en contacto con la piedra durante las
próximas veinticuatro horas para expulsar la magia bruja,
sospecho que morirá.

A Sychorax no se le escapaba ni una y no pasó por
alto las lágrimas que brotaron de los ojos de Xar y el
gesto de negación de su cabeza cuando pronunció esas
palabras.

—No —susurró el joven mago—. ¡No, no debe
morir! ¡Y no morirá! ¡No puede, no lo dejaré! No te
preocupes, Espachurro, confía en mí, no permitiré que
eso ocurra…

Espachurro, que se encogía y se estremecía en
manos de la reina sin apartar los ojillos de su perfil seco
e implacable, dejó escapar un quejido al oír esas palabras.

Sychorax lanzó un suspiro de compasión.

—La señora de los guerreros tiene que ser fuerte
y clemente. Y por eso os llevaré a ti y a tu trasgo hasta la
piedra. Espero de todo corazón, por el bien de los dos,
que no sea demasiado tarde.

La reina le entregó el bultito que cobijaba a
Espachurro al ayudante del jefe, que lo sostuvo con el
pulso tembloroso todo lo lejos de sí que la longitud de
su brazo le permitía, pues no le apetecía mucho sujetar a
una criatura envenenada por una bruja.

—Pero antes de llevarte hasta allí —dijo la reina
con suavidad—, tengo unas cuantas preguntas que
hacerte…

—Oh, oh… —murmuró Caliburn—. Ten cuidado,
mucho cuidado, Xar, con las preguntas de una reina…

—Acabas de decir que has visto a una bruja muerta
—indicó la soberana—. Eso me interesa mucho, porque
la leyenda dice que las brujas son muy difíciles de matar.
Así que… ¿quién ha matado a esa bruja? ¿Y con qué?

Se hizo el silencio.

Detrás de Sychorax, Wish agitaba los brazos de
manera frenética para atraer la atención de Xar, no sin
cierta angustia reflejada en los ojos.

El joven mago vio la empuñadura de la espada
encantada asomando por detrás de su capa.

Wish articulaba una frase que se parecía a: «Estoy
de tu parte».

¿De verdad estaba ella de su lado? ¿O no? Xar no
lo sabía.

Pero, en ese momento, el muchacho se percató
de que era posible que Wish hubiese robado la espada
no porque fuese una guerrera astuta y peligrosamente

traicionera, sino porque ella, al igual que él, no quería que la espada acabara en manos equivocadas.

—Yo maté a la bruja —reconoció Xar finalmente—. Con un arco y una flecha.

—¿En serio? —le espetó la reina, arqueando una ceja—. Qué casualidad que ayer desapareciera de mis calabozos una antigua espada que servía para destruir a las brujas. ¡Se esfumó! ¡PUF! Así, sin más. Desde entonces, mis hombres han puesto el fuerte patas arriba en su busca. ¿Sabes algo de esa espada, hijo de Encanzo?

—No —contestó él.

—¿Una antigua espada, de gran envergadura, con las palabras «Antaño había brujas, pero las maté» grabadas en la hoja?

—Jamás he visto una espada como esa —dijo.

—¿Y conoces su paradero actual? —siguió interrogándole Sychorax, desconfiada.

—No —respondió Xar—. ¿Cómo voy a saberlo cuando he dicho ya que nunca la he visto?

—¡Mientes! —bramó la reina, rauda como una víbora.

—¡No estoy mintiendo! —protestó él.

—Me temo que sí —rebatió la soberana.

Ya he mencionado que a la reina Sychorax no se le escapaba una.

Su afilada mirada penetrante había dado con algo que sobresalía de uno de los bolsillos de Xar: un frasco medio lleno de poción del Sinceramor.

—Sé que estás mintiéndome —dijo ella— porque eso de ahí es uno de esos extraños brebajes mágicos que cambia de color cuando alguien miente.

Señaló la botella, en cuyo interior se arremolinaba un líquido de un azul índigo oscuro; el añil intenso que indicaba que la persona que estaba en contacto con él estaba diciendo una mentira.

Los pensamientos bullían en la mente del muchacho:

«¡Venga ya! Es tan perversa como mi padre… Ya me han pillado dos veces hoy por culpa de esta asquerosa pócima. A ver si me acuerdo de no llevar encima ninguna de estas pociones de la verdad. ¡Me fastidia todas las jugadas!»

Pero ¿cómo iba a saber una reina guerrera que la poción del Sinceramor existía y los efectos que tenía?

—Analizar a tu enemigo… —dijo la reina, como si Xar hubiese hablado en voz alta—… es una tarea muy importante; debes estudiarlo con sumo cuidado. Sé mucho sobre magos, vuestros maleficios, vuestra destreza con las hierbas y esos venenos que tantos problemas causan. Todo esto me es muy útil.

Sychorax se inclinó hacia delante, sacó el frasco del Sinceramor del bolsillo de Xar, lo agitó y observó con atención cómo el líquido se volvía de un color rojo pálido.

—Y que estuvieras MINTIENDO implica que

sí has visto mi espada, que sabes dónde está y que, si quisieras, ahora mismo podrías darme información sobre su paradero… ¡Registrad al mago!

A regañadientes, los guardias registraron a Xar. No querían acercarse mucho a un mago marcado con la mancha de una bruja, pero la reina les daba demasiado miedo como para desobedecer sus órdenes. Encontraron una gran cantidad de chismes interesantes en los bolsillos del muchacho: maldiciones, hechizos, pócimas y hierbas de todas las clases.

Pero ni una sola espada.

—Mmm… Me pregunto qué habrás hecho con ella. ¿Dónde está mi espada, hijo de Encanzo?

—¡Me niego a responder! —zanjó Xar, cruzándose de brazos.

—Está bien, en ese caso… —La reina no parecía alterada—. Haré un trato contigo. Quería secuestrarte para poder pedir un rescate. Iba a enviarle un mensaje a tu padre, diciéndole que, si quería volver a ver de una pieza al burdo ladronzuelo que tiene por hijo, debía entregarse. Arrebatarle la magia al gran mago Encanzo sería un golpe muy duro para los magos del que no podrían recuperarse jamás.

Xar se encogió de miedo.

—Sin embargo —prosiguió la soberana—, si las brujas han regresado al bosque, necesitaré esa espada para exterminarlas. —Y añadió rápidamente—: Seré muy razonable. Si me devuelves la espada, os llevaré a ti y a tu trasgo hasta la piedra arrebatamagia y no te retendré aquí para pedirle un rescate a tu padre. Dejaré que tanto tú como tus criaturas os marchéis en paz. ¿Qué te parece mi oferta?

—¿Lo prometéis? —quiso asegurarse Xar.

—¡Pues claro que lo prometo! —espetó Sychorax—. ¿Estás poniendo en duda la palabra de una reina?

Era una oferta tentadora.

Xar evaluó su situación. No tenía escapatoria. Ni en un millón de años sería capaz de derrotar a todos los guerreros que lo inmovilizaban y, al menos, Espachurro se curaría…

Pero entonces volvió a ver el rostro de Wish.

La joven miraba de forma significativa la poción del Sinceramor que Sychorax seguía sosteniendo en la mano. El líquido se había vuelto de un azul añil tan oscuro que casi parecía negro.

—¡Es mentira! —chilló Xar, señalando la botellita—. ¡Estáis mintiendo! ¡No acepto vuestra oferta!

La reina dio un respingo y se fijó en el frasco.

—Ay, cariño, ha sido todo un descuido por mi parte —dijo amablemente—. Bien visto, hijo de Encanzo. Me gustan los enemigos inteligentes, me ayudan a no bajar la guardia. Tienes razón, estoy mintiendo. Te voy a retener aquí con el fin de exigir un rescate a tu padre después de haberte llevado hasta la piedra arrebatamagia. Me da igual lo que hagas o lo que digas.

Wish estaba tan horrorizada que no pudo evitar interrumpirla:

—¡Recuerda la ley número trece! ¡Un guerrero nunca debe mentir!

La despiadada reina la miró como si fuese un bicho raro.

—Reforma de la decimotercera ley: una reina puede incumplir las normas a favor de un bien mayor.

«¿Y entonces qué sentido tiene tener leyes?», pensó Wish, pero se guardó sus impresiones para sí misma.

Sychorax metió el frasco del Sinceramor en el bolsillo de Xar.

—Eres un chico muy desobediente y es obvio que te falta mucha mano dura, pero creo que conmigo ya te darás cuenta. Necesitas que te den una lección, hijo de Encanzo, y para eso existen las cárceles...

Xar suspiró. ¿Por qué todo el mundo se empeñaba en darle una lección? Regañón, su padre, Caliburn y ahora esta reina horrible. Era agotador.

—Te encerraré en mis calabozos —insistió Sychorax—. Y no pienso llevarte ni a ti ni a tu trasgo ante la piedra —continuó con voz firme— HASTA que no me digas dónde está la espada. ¡Devuélvele esa criatura al chico!

El segundo jefe puso al trasgo en manos de Xar no sin cierto alivio.

—Si no me dices dónde está la espada, lo verás morir ante tus ojos —dijo la reina—. En cuanto me lo digas, os llevaré hasta la piedra. Después te convertirás en mi rehén, y, si el blandengue de tu padre te quiere a pesar de tu desobediencia y tus groserías, vendrá hasta aquí para salvarte. Ahí será cuando le arrebate su magia.

Le sonrió. Era una sonrisa bonita que iluminaba el mundo de Wish siempre que lo hacía, que no era muy a menudo. Sin embargo, Xar no percibió esa belleza.

—Tus criaturas, tu padre y tú perderéis vuestra magia, sea como sea —determinó la soberana, haciendo gala de esa voz tan dulce como una flecha envenenada—. Pero si me dices dónde está la espada, podrás salvar al menos la vida de tu trasgo. Y le tienes mucho cariño, ¿me equivoco? El amor siempre nos hace más débiles. Estoy segura de que tomarás la decisión correcta.

A Xar no le quedaba otra salida. ¿Qué podía hacer? La situación se le había ido de las manos. Espachurro podía morir y todo sería por su culpa. Su padre podía perder la magia y eso también sería culpa suya.

—¡REINA DEL MAL! ¡TENÉIS UN CORAZÓN DE HIELO! ¡SOIS LA LÍDER DE UN REBAÑO DE BORREGOS QUE OCULTA SU COBARDÍA TRAS SU MANO DE HIERRO! —se desgañitó el joven, fuera de sí, con rabia y miedo.

Sychorax enrojeció de ira. No había demasiadas cosas que la sacaran de sus casillas; se tomaba con calma las amenazas, los engaños e incluso la violencia. No obstante, nadie se había atrevido nunca a hablarle con tamaña insolencia y desfachatez.

Los guerreros disimulaban su admiración por la valentía de ese pequeño mago, que no dejaba de proferir insultos aun estando a merced de la dirigente más despiadada de los bosques.

—¡Llevaos a este jovenzuelo descortés, a sus trasgos y a sus animales a la celda 445! —ordenó Sychorax.

El rostro de Xar era una máscara de furia y arrojo, pero por dentro sentía una profunda desesperación y una gran impotencia. Intentó resistirse, pero lo superaban en número. Los guardias sacaron por la fuerza de allí a los trasgos, a los gatos de las nieves y al joven mago, mientras este seguía increpando a la reina a voz en grito:

—¡SOIS MÁS BLANDUCHA QUE UN

CONEJITO! ¡TENÉIS MENOS FUERZA QUE UN CHORRILLO DE AGUA! ¡VOS SÍ QUE PARECÉIS UN PELUCHE Y NO LOS BEBÉS DE LIRÓN! ¡MI ABUELA PODRÍA TIRAROS AL SUELO HASTA CON UNA MANO ATADA A LA ESPALDA!

¡Sois la reina más debilucha y despiadada que he visto JAMÁS!

14. La reina Sychorax se lleva una decepción con su hija... otra vez

La reina contempló cómo arrastraban a Xar hacia la oscuridad de las mazmorras.

—Qué chico tan maleducado —bufó en tono de reproche—. ¿Era demasiado esperar que el gran hechicero Encanzo criase a su hijo con un mínimo decente de buenos modales? —Se volvió hacia su hija—. Espero que, si algún enemigo llegase a capturarte alguna vez, no pierdas tu dignidad y te comportes de forma cortés y educada. Y más si amenazan con matarte. Difícilmente los disuadirías con eso.

Wish estaba tan desconcertada que no sabía qué pensar ni qué sentir. Por un lado, temía por la vida de Espachurro; por otro, era evidente que su maravillosa, admirable y avispada madre nunca haría algo que no fuese lo correcto... ¿Verdad?

Seguro que su madre no permitiría que muriese Espachurro, ¿no?

—No dejarás que le pase nada al trasgo de Xar, ¿verdad, madre? —quiso asegurarse Wish—. Los llevarás hasta la piedra para que pueda curarse antes de que sea demasiado tarde, ¿no?

—Eso no es asunto tuyo —le espetó Sychorax.

—Pero esa criaturilla no tiene la culpa de haberse envenenado con sangre de bruja —protestó Wish—. Ya has visto lo asustado que estaba el pobre pequeñín.

—Los trasgos y los magos son mágicos y la magia es perjudicial, así que poco importa que ese bicho estuviese asustado. En cualquier caso, no deberías preocuparte por lo que pueda pasarle —replicó la reina con tono mordaz—. ¿Por qué simpatizas con el enemigo? ¿Cómo te atreves a cuestionar mis decisiones? Haré lo que considere oportuno.

Wish cambió el peso de una pierna a otra con aire de culpabilidad y no sin cierta inquietud. Su madre entrecerró los ojos, recelosa. ¿Por qué la boba de su hija parecía tan disgustada? ¿Cabía la posibilidad de que estuviera ocultando algo? ¿Escondía más de lo que parecía a primera vista?

—Los guardias han dicho que has sido tú quien ha capturado a este mago malcriado, Wish —señaló la soberana—. ¿TÚ?

Siempre hacía grandes esfuerzos por hablar con amabilidad a su hija, que la irritaba sobremanera, pero había algo en la forma en que pronunció el nombre de Wish que delató su descontento, como si el mundo quisiera recordar a la reina lo mucho que deseaba que su hija fuese una persona completamente diferente a la que era. Y así era.

Wish era una gran decepción para la reina de

los guerreros, cuya ilusión habría sido tener una hija que fuese tan alta y espectacular como ella y no una tan anodina, rara y desaliñada, con una melena que bien parecía un nido de ratas, coja y con un parche en el ojo.

—Entonces ¿has luchado contra este joven mago y su séquito de animales y criaturas mágicas y lo has vencido con tu mejor despliegue de habilidades guerreras? —preguntó la soberana, escéptica.

Wish contemplaba con veneración el rostro dorado de su progenitora y deseaba poder decirle que eso era precisamente lo que había ocurrido. ¡Sería extraordinario que su madre la mirara con admiración, respeto y amor!

Pero su astuta progenitora nunca la creería y puede que le hiciera sospechar tanto que acabara indagando más y, en ese caso, quizá terminase dando con la espada. Entonces todo habría acabado para Xar...

—Bueno, no, madre —reconoció la muchacha—.

Porque Wish era
una gran decepción
para la reina Sychorax.

He oído un ruido y he visto que era un mago. Iba a intentar luchar contra él, pero me he caído y he acabado gritando para pedir ayuda.

La sospecha desapareció de los ojos de la reina y ahora únicamente parecía disgustada. Esa situación sí era creíble.

—Yo a eso no lo llamaría «capturar» a un mago, ¿tú sí? ¡Te has caído y has gritado pidiendo ayuda! Tropezar no se considera una habilidad común de un guerrero, Wish…

Sychorax miraba el parche que cubría el ojo de la joven y su pierna coja como si ella hubiese perdido la capacidad de utilizar esas dos partes del cuerpo a propósito.

—¿Por qué no puedes ser como tus hermanas?

Wish se mordió el labio inferior para no llorar. Esa era otra de las cosas que su madre calificaba como un lujo que los guerreros no podían permitirse.

—Podrías haber seguido los pasos de tu hermana Drama, por ejemplo —continuó la reina—. Ha confeccionado una colcha con las barbas de los enanos a los que abatió desde una distancia notablemente larga. Por supuesto que no apruebo la violencia, pero esos ánimos desenfrenados típicos de adolescentes encajan perfectamente dentro del estilo de los nuestros… Cuando yo tenía tu edad, ya había cazado a un gigante por mi cuenta.

»¡Pero tú te empeñas en tomar otros rumbos completamente distintos, lo cual me resulta inexplicable! No comprendo por qué piensas que es una buena idea ser tan EXTRAÑA... tan anormal... tan...

El peso de la decepción de Sychorax era tan doloroso que la muchacha se sentía flaquear como si tuviera los pies de algodón.

«Sé compasiva... —pensaba Sychorax, al mismo tiempo que Wish se marchitaba frente a ella—. Supongo que la pobre no puede EVITAR parecerse a una ramilla escuchimizada que alguien hubiese pisoteado por accidente, como imagino que tampoco es cosa suya ir por ahí como un pato mareado. La GRACIA que debería tener una reina convendría compararse a la severidad e incorruptibilidad de su carácter... Una reina debe ser INDULGENTE, además de poseer una firmeza inflexible e inquebrantable...»

La soberana hacía grandes esfuerzos por controlarse.

—Supongo —dijo, apretando los dientes— que lo hiciste lo mejor que pudiste. Sin embargo, ha estado muy por debajo de lo que debería. Y ya que hablamos de debilidad física y mental, ¿cómo llevas el dolor de cabeza?

—¿Mi dolor de cabeza? —repitió Wish,

desorientada, antes de acordarse rápidamente de que le había dicho a su madre que se iba a ir pronto a dormir porque le dolía la cabeza para salir a hurtadillas tras su mascota, la cuchara—. Ah, esto, sí, mucho mejor. Gracias, madre.

—¿Y cómo te va con tus lecciones? ¿Estás aprendiendo a actuar como una guerrera?

—Son bastante complicadas, la verdad…

La reina dejó escapar un suspiro de exasperación.

—La señora Dreadlock dice que tu ortografía va de mal en peor. Leer y escribir es un signo de superioridad para los guerreros, como ya sabes; una señal de que somos civilizados.

—Sí, pero el problema con la ortografía es que las letras no se quedan quietas —explicó Wish—. Se ponen a deambular por mi mente y olvido en qué orden se encontraban al principio. —A continuación, dijo con arrojo—: Hay quien opina que la ortografía en sí misma no importa tanto como el mensaje que se intenta transmitir…

—Pues esa gente NO ESTÁ BIEN DE LA CABEZA —concluyó Sychorax—. Solo tienes que esforzarte un poco más, ¿de acuerdo? Empezando por tu físico…

Wish tenía peor aspecto que nunca. Llevaba la capa al revés y la ropa rasgada; se le habían enganchado ramitas por todas partes y se le había enredado el pelo porque Espachurro había hecho un nido en su interior.

—Incluso una guerrera de rango inferior como tú debería ir siempre impecable. Cada mechón de pelo tiene que permanecer en su sitio; cada arma ha de estar bien afilada y cada uña, reluciente. Que no se te olvide.

Y justo cuando la reina se marchaba con el frufrú de sus faldas blancas y majestuosas, el nudo que mantenía atada una pequeña llave de hierro a su cinturón se deshizo, como si de una serpiente desenroscando su cuerpo se tratase, y la llave cayó al suelo.

Era una llave diminuta, por lo que la reina ni siquiera alcanzó a oírla caer en las baldosas de piedra. Dobló la esquina sin percatarse de que la había perdido.

¡Clinc!

Wish, que había permanecido pendiente de su madre a pesar de su abatimiento, oyó el ruido. Cogió el objeto y abrió la boca para decir: «¡Madre, se te ha caído la llave!», pero volvió a cerrarla sin decir ni mu.

La llave era pequeña, de color negro y estaba fría al tacto.

Se le erizó el vello de la nuca cuando se dio cuenta de que no solo daba acceso a todas las estancias del fuerte, sino que también permitía entrar en los calabozos de su madre.

Qué extraño que la reina la hubiese perdido en ese preciso instante.

¿Se había caído o había saltado?

Si fueses una persona propensa a la fantasía, quizás hubieses dicho que era casi como si la llave estuviese buscando a Wish y quisiera que ella la utilizase.

Pero nosotros no somos gente con tanta imaginación. Eso sería ridículo.

Era la llave de las mazmorras de su madre.

15. Irrumpiendo en el calabozo de la reina Sychorax

Wish, Espadín e Insectorro intentaron colarse en las mazmorras de Sychorax a plena luz del día, pero fue imposible. Había demasiada gente por los alrededores.

—Tenemos que esperar hasta que todo el mundo se haya ido a dormir —dijo Wish—. Pero ¿cómo vamos a apañárnoslas para sortear a los guardias que estén custodiando la entrada?

—Tengo un hechizo de sueño fantabuloso. ¡Deja que los duerma a todos! —chilló Insectorro.

—Me temo que tus hechizos no funcionarán en esta ocasión —repuso Wish.

Espadín parecía sentirse culpable.

—Sigo pensando que esto no es una buena idea —dijo—. Pero, por si queríais seguir adelante, le eché un pequeño somnífero al centinela en su ración de estofado de jabalí cuando le serví la cena. Los Antiguos Mágicos no son los únicos que saben aprovechar las propiedades de las hierbas…

—¡MUCHAS GRACIAS, Espadín! —exclamó Wish con alegría.

—No me lo agradezcas —contestó él, con una

255

pincelada sombría en la voz—. Mi padre se decepcionaría mucho si se enterara. Es solo que me da lástima ese pobre Espachurro, tan pequeñín, pero debería poder superar mi debilidad y hacer lo correcto… No sé qué me pasa.

Era ya noche cerrada cuando Wish y Espadín se escabulleron con cautela hasta la entrada de las mazmorras de la reina.

El centinela que debía vigilarla se había quedado dormido con bastante rapidez, así que pasaron de puntillas junto a él, abrieron la puerta con la llave de Sychorax y la cerraron al entrar, sigilosos como sombras. En cuanto se cerró del todo, Espadín experimentó una sensación agobiante de pánico.

Los calabozos de Sychorax solían provocar ese efecto en la gente.

—Quédate aquí, Insectorro. Así puedes venir y avisarnos si mi madre o quien sea viene a por nosotros.

—¡Vale! —chilló la criatura. A los trasgos de menor tamaño los complacía mucho que se les asignase una tarea. Y más si implicaba no tener que adentrarse en un lugar como aquel.

En el centro de la estancia en la que se encontraban, estaba la verdadera entrada a las mazmorras, con un gran foso y una plataforma móvil suspendida sobre él.

Espadín clavó los ojos en el foso.

—Vamos a tener que bajar por ahí, ¿no? —farfulló, albergando la estúpida esperanza de que Wish dijera que no.

—Ajá —masculló ella por toda respuesta, subiéndose a la plataforma.

—Adiós... —susurró Insectorro—. Buena sssuerte... Ha sssido un placer conocerosss... Para ssser Gente Enorme, no apessstabaisss como la mayoría...

—Gracias —dijo Espadín. Se subió a la plataforma temblando y Wish desenrolló la cuerda para dejarla caer poco a poco...

Cada vez más abajo...

ABAJO...

ABAJO...

ABAJO...

La temperatura cayó en picado, al igual que el corazón de Espadín, a medida que la plataforma continuaba descendiendo hasta lo más profundo de la prisión subterránea.

Wish también tenía el corazón en un puño. Bajar hasta allí le hacía sentirse una traidora, pero también una intrusa que se colaba en un sitio sin permiso. Sychorax tendría allí guardados sus secretos...

Porque es imprescindible para una reina tener secretos... Y Sychorax no iba a ser menos. Todos sus enigmas estaban ocultos bajo tierra.

Wish lo sabía y también tenía claro que no quería averiguar nada acerca de aquellos misterios. Pero no le quedaba otra.

ABAJO…

ABAJO…

ABAJO…

Siguieron descendiendo aún más.

Después de un rato que se les hizo eterno y horroroso, la plataforma efectuó finalmente un suave aterrizaje y aparecieron en aquel mundo recóndito sumido en la medianoche que eran los calabozos de la reina Sychorax, sepultados bajo cientos de metros de piedras y tierra, en un rincón a mucha profundidad bajo el poblado guerrero fortificado.

Wish y Espadín bajaron de la plataforma. Ante ellos se abría una sala pequeña y lúgubre. El agua goteaba con persistencia desde el techo y una antorcha que arrojaba una luz mortecina iluminaba la estancia.

De la sala partían no menos de siete corredores.

Las mazmorras ocupaban el lugar de una antigua mina, por lo que no solo los acechaban los prisioneros del presente, sino también los gigantes, los enanos y los mineros humanos del pasado. Esa mina se había convertido en una cárcel y los calabozos constituían ahora un lugar gigantesco de proporciones laberínticas que se extendía como si se tratase de una telaraña que hubiese elaborado una criatura de patas larguísimas, con pasillos serpenteantes que se entrecruzaban formando una maraña desconcertante, semejante al laberinto tortuoso que componía la intrincada mente de la reina Sychorax.

En los pasillos había un número interminable de pequeñas estancias; en algunas había prisioneros dentro y en el resto… otras cosas. Pero ¿cómo iban a saber Espadín y Wish qué camino escoger?

—¿Qué es ese RUIDO? —susurró Espadín.

Como ya habré mencionado, en las mazmorras de Sychorax siempre se oían ruidos.

Se mezclaban en armonía las melodías aceradas y dulzonas de la desesperación, puesto que la añoranza también es dulce a su vez y del dolor pueden surgir cosas preciosas.

Los Antiguos Mágicos que estaban encarcelados en aquellos territorios subterráneos ya no podían hacer magia. No podían lanzar sus hechizos, los trasgos no podían volar y los gigantes iban encogiéndose de tamaño poco a poco. En una de las celdas más profundas y recónditas, se encontraba la piedra arrebatamagia de Sychorax. Todos los que estaban confinados allí se habían visto obligados a tocarla, con lo que habían perdido la magia que los hacía ser quienes eran.

Después los habían llevado de vuelta a sus celdas y los habían tenido recluidos allí hasta que fuesen capaces de adaptarse a una vida sin magia.

No obstante, nadie se había acostumbrado a eso aún, por lo que los Antiguos Mágicos que vivían allí armaban un gran barullo: murmullos melancólicos, rugidos enfurecidos y gemidos apesadumbrados; las fuertes pisadas de los ogros, que vagaban lentamente en tristes y lentos círculos; los aullidos de los hombres lobo y la canción de los trasgos, que alzaban sus voces sobrecogedoras entonando inquietantes melodías acerca de los buenos tiempos del pasado.

Era lo único que podían hacer ahora que habían perdido sus alas, sus encantamientos y su esperanza; su visión y su luz propia, dado que los colores de los trasgos se apagaban cuando se les quitaba la magia. Aquella luminosidad interior que con tanta intensidad brillaba comenzaba a titilar y acababa por desvanecerse.

Pese a todo eso, no dejaban de hacer ruido.

Les llevaban cucharas y platos de hierro; los cogían con manos o zarpas desprovistas de magia y componían un ritmo nostálgico a base de golpeteos que retumbaban por toda la prisión como el dolor de la pérdida de un antiguo amor.

Cuando Wish y Espadín entraron en las mazmorras, a sus oídos llegó la canción de un trasgo llamado Duendantiguo, que se había hecho hueco en el hombro del gigante Apisonador. Este se encontraba encerrado en una de las celdas de Sychorax, tal y como había supuesto Wish. Lo habían capturado los guerreros de la reina cuando Xar lo había dejado atrás en el claro del bosque.

Y allí estaba Apisonador ahora, escondido en algún rincón de los calabozos, con los ojos cerrados y la mente inundada de buenos pensamientos, esperando que Xar viniese y lo salvase.

Mientras tanto, Duendantiguo cantaba sobre su hombro acerca de un día de verano especialmente bonito en el que el cielo era de un azul reluciente, cuando había volado hasta quedarse dormido apoyado en una de sus alas como si fuera un vencejo, dejando que las corrientes de aire de la atmósfera se convirtiesen en su cama y alcanzando tal altitud que lo último que había visto antes de dormirse había sido el conjunto de las islas de Albión desplegándose allá abajo, mientras los bosques se extendían de un mar a otro.

Y su melodía era tan bella que todos los habitantes de aquella oscura sima tenían la sensación de que ellos también podían deleitarse con aquel paisaje y se unieron a la «Canción de la magia perdida» tamborileando con los pies y golpeteando el hierro al ritmo de los latidos del corazón del gigante, como si estuvieran allá arriba, en el cielo, en lugar de estar allí encerrados bajo tierra, perdidos, olvidados y aislados para siempre. Pobre Espachurro. ¿Aquel iba a ser su destino también?

Una vez que has escuchado la «Canción de la magia perdida», ya no la olvidas jamás.

El caos de emociones que se arremolinaban en esa canción —la desesperación, la esperanza, el desconsuelo— se mezclaban con la recreación exquisita del mundo mágico que ofrecía. Había hecho falta que la gente perdiese sus poderes para que se dieran cuenta de lo que tenían. Y la forma en que resonaban sus ecos por los pasillos desnudos, rebotando en el laberinto de muros, componía un entramado de sonidos, sentimientos y elecciones morales tan confuso y abrumador como el propio laberinto físico.

«¿Hemos acertado? ¿Nos hemos equivocado? —decían las canciones—. ¿Qué hemos perdido? ¿Nos quedaba otro remedio?» Este cántico desembocaba en otras canciones sobre la belleza de los bosques salvajes a medianoche, donde solo los ojos de la magia veían en la oscuridad; los carámbanos que colgaban de las ramas de los viejos árboles a medida que las grandes heladas del invierno llegaban al bosque; los brotes de los ciclaminos, de un violeta oscuro y desprovistos de hojas, abriéndose camino a través de la tierra y de las hojas que se desprendían de las copas de los árboles en otoño, con tanto sigilo que la torpeza del ojo humano hacía imposible advertir lo lento que crecían, aunque los ojos de la magia lo percibían con la misma claridad de la luz del día.

Los límites se tornaban borrosos entre las canciones

de los vivos y los tarareos de los fantasmas de aquellos Antiguos Mágicos que habían fallecido hacía mucho tiempo, encarcelados en aquel laberinto. Sus voces habían acabado hundidas y congeladas entre aquellos muros, rebotaban de vuelta a la vida únicamente a través del soplo entrecortado de las ondas sonoras extraviadas del presente, como si los espíritus de los trasgos, elfos y mujeres gnomo que trabajaban en la mina y que se habían marchado tiempo atrás continuasen todavía allí, sacando esos sonidos de las entrañas de los muros con sus hachas encantadas y retornando sus ecos a la tierra, de forma que volvían a la vida una vez más en los oídos de Espadín y Wish.

Y sí, es cierto que se parecía más a un lugar extraño y embrujado que a una prisión subterránea, donde la magia y el hierro, el pasado y el presente, y el bien y el mal permanecían unidos de un modo más complicado y lleno de contradicciones de lo que se habría esperado teniendo en cuenta la satisfacción y el orgullo que Sychorax sentía por su fuerte de hierro erigido justo por encima de todos ellos.

—No tenemos ningún mapa —dijo Espadín, tapándose las orejas. Tal era el barullo allí abajo que el simple hecho de pensar resultaba difícil, por no hablar de tomar decisiones con la mente despejada. Ya había explorado uno de los pasillos y se había topado con una bifurcación al final—. ¿Cómo vamos a averiguar dónde está encarcelado Xar? No podremos localizarlo en un laberinto tan grande como este.

Si intentas algo, un laberinto puede ser tan efectivo como una cerradura con su llave correspondiente.

Wish y Espadín dieron vueltas un momento por la estancia, desesperados, antes de que la cuchara encantada se diese cuenta de que había algo al fondo de uno de los pasillos más oscuros y peor iluminados. Una chispa minúscula de luz parpadeaba como una estrella remota.

La cuchara le dio un toquecito en la cabeza a Wish y se puso a dar saltitos a lo largo del pasadizo para desviar la atención de la muchacha hacia el pequeño charco de luz.

A tientas, Wish siguió el camino que le indicaba la cuchara. Espadín le preguntó:

—¿Adónde vas? —Fue tras ella a regañadientes.

Y cuando ya habían alcanzado esas partículas diminutas y brillantes, vieron otra mancha a lo lejos, que los atraía como una figura hecha de luz.

—¡Polvo de trasgo! ¡Xar debe de haberlo esparcido por el camino para que pudiéramos seguirlo! ¡Qué astuto! —exclamó Wish con admiración.

Así que continuaron caminando, siguiendo el rastro de las distantes chispas de luz, adentrándose cada vez más y perdiéndose en los tortuosos pasadizos de las mazmorras de la reina Sychorax.

—Debe de estar por aquí en alguna parte —dijo Espadín cuando llegaron a un largo pasillo con al menos veinticinco celdas diseminadas a los lados—. Vamos a tener que mirar una por una.

—¿De verdad tenemos que hacerlo? —se lamentó Wish—. Tú no tienes problemas; no es tu madre, ¿sabes? Pero no me haría mucha gracia enterarme de ciertas cosas de ella que PREFERIRÍA NO SABER.

De mala gana, Wish sacó la llave y la metió en la cerradura de la puerta más cercana, que se abrió de par en par con un chirrido funesto.

—Mira tú, Espadín —rogó ella, tapándose el ojo con la mano.

Espadín echó un vistazo desde el umbral y... se desmayó.

Wish cerró la puerta a la velocidad del rayo.

—¿¿¿Qué había ahí dentro??? —preguntó ella en cuanto su compañero volvió en sí.

—DE VERDAD, no quieras saberlo —balbuceó.

Después de lo sucedido, Wish llegó a la conclusión de que la ignorancia era mucho peor, porque dejaba a su imaginación lo que había dentro de cada sala, por lo que tomó la decisión de que era mejor echarle una ojeada esta vez.

Espadín abrió la siguiente puerta e inmediatamente la cerró profiriendo un quejido de disgusto:

—¡PUUUAAAJ!

—¡¿Y ahí qué había?! —gritó Wish.

—Cabezas —contestó él.

—Vamos, ya he tenido bastante —soltó ella y lo apartó—. A lo mejor no son cabezas y lo que pasa es que estás obsesionado con que mi madre es una persona sin escrúpulos…

Le dio un empellón y entró en la estancia.

Eran cabezas.

—¡PUUAAJ! —chilló Wish.

Volvió a cerrar la puerta rápidamente.

—Seguro que todo esto tiene una explicación razonable. A mi madre le interesa mucho la anatomía.

—Ah, ¿sí? —le espetó Espadín, escéptico.

Las otras habitaciones contenían cosas menos repugnantes: una colección completa de libros de hechizos; una biblioteca, con sus volúmenes alineados y etiquetados cuidadosamente, lo que evidenciaba lo ordenada que era Sychorax; un cuarto de pociones y objetos mágicos prohibidos…

Pero, incluso después de investigar durante mucho rato, seguían sin encontrar a Xar.

Entretanto, pasaban las horas en la celda 445, una tras otra. No había rastro de Wish, Espadín y la espada.

ADVERTENCIA ↓

Cuentos de hadas muy peligrosos

LEER CON CUIDADO
(estos libros pueden explotar)

↖ Una llave para emergencia

Los ánimos de Xar estaban por los suelos y lo embargaba la desesperación. Por supuesto, los calabozos de Sychorax estaban diseñados para desalentar a los prisioneros. Eso formaba parte de la RAZÓN DE SER de una cárcel, al fin y al cabo. No se construyen con el objetivo de que sean lugares animados al aire libre con buenas vistas y asientos cómodos.

Cada cierto tiempo, la reina le hacía una visita y le preguntaba si había cambiado de opinión acerca de revelarle o no el paradero de la espada. Xar y los trasgos aprovechaban la oportunidad para abuchearla y hacerle comentarios burlones sobre su nariz, lo cual los animaba un poco. Pero enseguida ella se marchaba de nuevo y el ambiente oscuro, frío, húmedo y espantoso de la prisión volvía a calarles los huesos, mientras que la «Canción de la magia perdida» los sumía aún más en la tristeza.

—Esssa Wisssh no va a presssentarsssse aquí —siseó Tormenta, cuya luz se desvanecía a pasos agigantados—. Guerrera essstúpida… ¿Por qué hasss tenido que confiar en ella?

—Se ha llevado la espada de su madre y me ha advertido acerca de la poción del Sinceramor… —gruñía el mago, aunque se preguntaba exactamente lo mismo.

—No son lo suficientemente listos para seguir el rastro de polvo de duende… Y encima son demasiado cobardes para venir hasta aquí… Ni siquiera serán capaces de abrir las puertas…

Los desdichados trasgos no paraban de escupir comentarios desalentadores. Su tristeza era desoladora.

—Losss hasss sssecuestrado, lesss hasss robado sssu essspada, losss hasss engañado… —enumeró Ariel—. ¿Por qué motivo arriesssgarían la vida por ti, por el enemigo, por la manzana podrida del árbol sssano?

—Ariel tiene razón —musitó Caliburn con aire sombrío.

¿Había sido Xar tan estúpido como para dejar su vida en manos de dos guerreros enemigos?

—Espachurro les caía muy bien —alegó el joven—. Estoy seguro.

Bajó la mirada hacia la criatura. Se había vuelto tan oscuro que casi parecía negro y su diminuto corazón apenas latía. Se retorcía de dolor entre convulsiones y su cuerpecillo no parecía poder aguantar las sacudidas y los delirios durante mucho tiempo más, pero volvió en sí durante un segundo.

—¿Qué me está pasando? —balbuceó, con el miedo pintado en los ojos—. ¿Estoy yendo hacia el lado oscuro?

—Claro que no.

Y justo antes de volver a perder la conciencia, Espachurro emitió un susurro tan débil que el mago apenas pudo oírlo:

—Xar me salvará… —Y puso una de sus minúsculas manos similares a garras sobre el pecho de Xar, en un gesto de confianza.

El muchacho iba a tener que dar a Sychorax lo que quería. Al menos así Espachurro podría vivir.

Pero entonces la magia de su padre estaría en peligro.

Xar no era de esas personas que pierden pronto la esperanza, pero hasta él empezaba a quedarse sin ella, hasta que el sonido de unos pasos y unos susurros que procedían del pasillo acudió a sus oídos.

—Mira en esta, Espadín; es que no soporto que… —Era la voz de Wish.

—¡Están aquí! —gritó la otra voz, al tiempo que el rostro de Espadín aparecía al otro lado de los barrotes.

Se oyó un ligero chasquido, seguido de un chirrido, cuando se abrió la pesada puerta de la celda 445.

Xar nunca habría llegado a imaginar que estaría tan agradecido de ver aparecer a dos guerreros, uno de ellos alto y delgado y la otra, bajita y lisiada. Incluso los trasgos estaban entusiasmados y sacaron fuerzas de flaqueza para demostrarlo, aunque apenas les quedara energía para agitar las alas y volaban tan bajo que parecía que tuviesen los pies de plomo.

—¡Habéis venido! —exclamó Xar, tan emocionado que hasta les dio un abrazo. ¿Quién iba a imaginar que acabaría abrazando a una guerrera?

—Pues claro que hemos venido —contestó Wish con decisión—. Te dije que lo haría, ¿no? No dejaría tirado a un amigo en apuros…

271

Xar pensó que era una amiga excelente y que había mostrado un grado de iniciativa inesperado para ser una guerrera.

—¿Cómo has entrado? ¿Y cómo has abierto las puertas? —quiso saber el mago.

—Espadín le ha dado un somnífero al guardia —explicó ella—. Y a mi madre se le ha caído la llave de las mazmorras. ¿Cómo está Espachurro?

Vio a la pequeña criatura temblando en el interior del chaleco de Xar.

—Me temo que no muy bien… —musitó Xar mientras Wish liberaba a los gatos de las nieves utilizando la llave y estos salieron locos de contento—. Debemos llevarlo hasta la piedra cuanto antes.

Pero cuando estaban a punto de marcharse, Insectorro zumbó a través de los barrotes de la celda en un inquietante estado de alarma. Le faltaba el aire; había venido volando desde su puesto de vigilancia en la entrada de las mazmorras.

—¡¡¡La reina Sychorax!!! —chilló—. ¡Viene hacia aquí!

¡La reina Sychorax viene hacia aquí!

16. Un momento realmente inoportuno para que aparezca la reina Sychorax

¿Viene la reina Sychorax? —dijo Espadín, a punto de volver a desmayarse.

—No puede encontrarme aquí —chilló Wish, totalmente paralizada.

Una cosa era decidir en secreto que quería ser amiga de un mago y otra muy distinta que su madre la encontrara no solo compadeciéndose del enemigo, sino abriéndole el cerrojo de la celda y ayudándolo a escapar.

—No os preocupéis —dijo Xar—. Escondeos, que yo me ocupo de ella… Esta vez me portaré bien, lo prometo. Dadme la espada y cerrad la puerta con llave.

—Sé amable con ella —advirtió Wish mientras le lanzaba la espada encantada.

—Confía en mí —dijo Xar con una risita.

Espadín y Wish salieron a toda velocidad de la habitación y se escondieron desesperados tras la esquina, ya que, a juzgar por el sonido de los pasos, la soberana se acercaba bastante deprisa.

Venía a ofrecer a Xar una última oportunidad

de entrar en razón y llevar a su trasgo a la piedra arrebatamagia para salvarle la vida. Estaba segura de que ni siquiera un pequeño mago descerebrado querría que muriera su trasgo. Sin embargo, Xar había demostrado ser un cabezota de mucho cuidado.

Sychorax se asustó al darse cuenta de que había perdido la llave (por suerte tenía una de repuesto), luego se enfureció al ver al guardia durmiendo como un tronco y en cuanto puso un pie en la mazmorra, sintió que algo iba mal.

La reina Sychorax conocía cada ruido de su casa subterránea. Le eran familiares cada gota de agua, cada suspiro contenido de los prisioneros, cada palmadita de los guardias, cada oscilación de la llama de las velas, cada verso de cada canción, cada fantasma o cada trasgo.

Algo estaba fuera de lugar, lo sabía. Cambió el ritmo de sus pasos hasta convertirlos en una carrera, por lo que sus pisadas comenzaron a retumbar por los pasillos.

Si Insectorro no los hubiera avisado, Sychorax habría pillado a su hija ayudando al enemigo y convirtiéndose en su cómplice.

Pero Espadín y Wish habían bloqueado de nuevo la puerta a sus espaldas y se habían escondido tras la esquina justo a tiempo. De este modo, cuando la soberana abrió la puerta de la celda 445 e hizo su entrada triunfal con el siseo regio de su capa color rojo intenso, Xar estaba de pie en medio de la sala como si nada hubiera ocurrido, con la espada encantada detrás de la espalda.

—¿Qué pasa aquí? —jadeó la reina Sychorax.

—Nada —respondió Xar con inocencia.

—Mmm —contestó ella, incrédula; lo miró de arriba abajo, no se fiaba ni un pelo de él—. Esta es tu última oportunidad, Xar, hijo de Encanzo —continuó—. No volveré esta noche y tu trasgo morirá antes de mañana por la mañana. ¿Dónde está la espada?

—¿Puede ser esta la espada de la que habláis? —dijo Xar, pensativo, sacándola de detrás de la espalda.

Asombrada, la reina se quedó inmóvil.

Oyó un gruñido profundo detrás de ella; tres enormes gatos de las nieves con dientes tan afilados como cuchillos de cocina, aparecieron despacio de entre las sombras de manera amenazante.

—¿Cómo se han soltado de las cadenas? —susurró Sychorax, pálida como su vestido—. ¿Quién te ha dado la llave? ¿Cómo has conseguido la espada?

—No os importa, pero no os mováis, reina Sychorax —dijo Xar—, u os mataré con ella.

¡Qué chico más horrible!

Debería haber traído a los guardias, pero como ya lo habían registrado, Sychorax había pensado que era completamente seguro visitar a un muchacho desarmado y a sus trasgos, todos encerrados por prudencia en la celda más segura. La reina se llevó la mano al cinturón, donde colgaba su propia espada.

—He dicho que no os mováis —repitió Xar con un brillo en los ojos que la hizo parar. En general, los magos solían ser pacíficos, pero Xar no era como el resto de los magos que había conocido.

—Xar, hijo de Encanzo —soltó la reina Sychorax, furiosa porque le estuvieran dando de su propia medicina—. ¿Qué vas a hacer ahora que me has robado la espada?

—Voy a llevar a mi trasgo a la piedra arrebatamagia —contestó— y luego liberaré a los gigantes y a los otros prisioneros mágicos que has encerrado y todos escaparemos de este fuerte de cabecinabos de hierro y volveremos al campo mágico al que pertenecemos.

—Os detendrán en cuanto salgáis de estas mazmorras —dijo la reina—. Los gigantes se ven fácilmente y el fuerte está lleno de guardias.

—Pero sois una bruja tramposa y malvada con muchos secretos —respondió Xar—, por lo que estoy seguro de que tenéis un pasadizo secreto para salir de estas mazmorras y una contraseña secreta.

—Quizá —dijo ella secamente—, pero es casi imposible que te cuente nada dadas las circunstancias.

—¿Y si os propongo un trato como el que vos me habéis ofrecido antes? —contestó Xar con habilidad—. Si me decís el camino hacia la cámara de extracción de magia, la salida y la contraseña secreta, os devolveré la espada.

La reina Sychorax estaba encantada, aunque no lo demostró. Quería esa espada a toda costa, sobre todo ahora que las brujas habían vuelto al bosque. El chico se creía muy listo, pero, como era obvio, no había reparado en la importancia de esa espada encantada en particular para ofrecerla con tanta facilidad…

—Acepto el trato —dijo la reina con suavidad—. El camino hacia la cámara de extracción de magia es…

—¡Ah, noooo! —lo interrumpió Xar—. No, no, no, por favor, parad, reina Sychorax.

Buscó en su cinturón y sacó un frasquito.

—Al parecer, las reinas mienten, por un bien mayor, claro, así que me temo que tendréis que darme la respuesta sosteniendo la poción del Sinceramor para que sepa que decís la verdad.

La reina Sychorax lo miró asqueada. Xar le tendió el Sinceramor.

—El camino hacia la cámara de extracción de

magia está girando a la derecha y bajando por el pasillo; es la séptima puerta de la gran cueva. Desde allí podéis llegar a la salida secreta girando todo el rato hacia la IZQUIERDA cada dos esquinas. La contraseña secreta es «CONTROL».

Xar se lo hizo repetir para ver si la poción de amor cambiaba de color, pero permaneció roja, por lo que decía la verdad. La reina se la devolvió.

—Ahora os daré la espada —afirmó Xar, sujetando la poción para que la reina Sychorax la pudiera ver con claridad.

Y en cuanto pronunció estas palabras, el líquido se volvió más negro que el hollín.

—¡Uy! —dijo con alegría—. ¡Ay, vaya! ¡Qué confusión! Parece que era yo quien mentía. —Soltó una risita—. Qué difícil es mantener las promesas, ¿verdad?

¡MENUDO ENGAÑO! ¡Ese horrible mago había engañado a Sychorax para que le diera la contraseña secreta y se iba a quedar con la espada de todas formas! A una persona tan tramposa como la reina Sychorax, conocer a alguien aún más tramposo le daba muchísima rabia.

Así pues, la soberana perdió los nervios. No era normal en ella, pero había tenido un día difícil.

—¡Mocoso maleducado, mentiroso, desobediente y estafador! —gritó.

—Bueno, bueno. —Xar chasqueó la lengua—. No perdamos los papeles, reina Sychorax. Los insultos no os llevarán a ninguna parte. Por favor, ¿podríais prestarme las llaves y la capa? Creo que me sería útil disfrazarme de vos para que los guardias nos dejen salir sin armar escándalo. ¡Muchas gracias!

Con los dientes apretados, la reina le dio las llaves de todas las celdas y su elegante capa de color rojo intenso, forrada de un pelaje blanco y negro.

—Tenéis que reconocer —continuó Xar, poniéndose el magnífico manto sobre los hombros— que un chico con un destino como el mío necesita un arma tan extraordinaria como esta, magia mezclada con hierro… No me sorprende que os guste tanto; es algo fuera de lo común.

Sychorax le dedicó una sonrisa fría como el hielo.

—Me temo que tengo que encerraros en vuestra propia celda —se disculpó él—. No es digna de la realeza, lo sé, pero sois una reina muy malvada que habéis quitado la magia a mi pueblo, nos habéis hecho prisioneros y habéis amenazado con matar a mi trasgo. Necesitáis aprender la lección y para eso sirve una prisión.

—¿Puedo arreglarle el pelo? —le suplicó Insectorro—. Por favor, ¿puedo? Se ha portado tan mal con el pobre Espachurro…

—Venga, sí —le dijo Xar—. Pero házselo con delicadeza.

Insectorro se acercó volando al cabello de la reina y con dos chasquidos como los de las alas de una mariquita, lo levantó y lo convirtió en una maraña de nudos. Sychorax, hecha una furia, estaba rígida y blanca como el papel.

Orgulloso, Insectorro se echó hacia atrás con un zumbido para examinar su trabajo.

Por encima del rostro iracundo de Sychorax, tan majestuosa, tan regia, tan ordenada y tan enfadada, la cascada preciosa y pura de mechones dorados peinados con esmero se disparaba ahora hacia arriba como si fuera un revoltijo de electricidad, como una bola de pelos tras un ataque epiléptico.

—Aahhh… Esto está bien, muy bien —siseó Tormenta con una satisfacción malvada mientras los trasgos casi se caen al suelo de lo mucho que se estaban riendo—. Esos bucles de elfo tardarán semanas en desenredarse.

—Y al peinarlos os acordaréis de que debéis

dejarnos en paz a los Antiguos Mágicos —advirtió Xar.

—Y yo te aconsejo —espetó Sychorax, lanzando las palabras como si fueran dardos blancos y fríos— que no vuelvas a poner un pie en mi territorio o juro por los dioses de los árboles y el agua que haré que te arrepientas...

—Tendréis que cogerme primero. —El chico soltó una risita. Luego añadió—: Adiós, reina Sychorax.

Le dedicó una breve reverencia y, junto con los gatos de las nieves y los trasgos, se fue hacia la puerta dando un giro majestuoso con la capa de la reina.

Justo cuando iba a salir de la cámara, se le ocurrió una cosa y se giró.

—Esto… por cierto… Que no decía en serio lo de ser débil. Sois tan fuerte como cualquier reina guerrera que se precie.

Salió por la puerta y Espadín, que estaba esperando escondido en el umbral, la cerró con llave. Sychorax se quedó sola en la celda 445, ajustándose la armadura, pensativa. Tenía mucho sobre lo que reflexionar.

—Has sido muy malo con mi madre —lo regañó Wish, cuando estuvieron lo bastante lejos para que no los pudiera oír.

—He sido muy educado —protestó Xar—. Le he dicho cosas buenas, como que era muy fuerte.

—¡Le has dicho que es una reina muy malvada! ¡E Insectorro le ha revuelto todo el pelo! —dijo la guerrera, horrorizada—. Estará fuera de sí, ¿a que sí, Espadín?

—Sí, echará humo por las orejas —contestó este con tristeza.

—He sido muy compasivo —respondió Xar—. Si no fuera tu madre, la hubiera matado. Y bien, ¿por dónde ha dicho que se iba a la cámara de extracción de magia?

—Está bajando por este pasillo y luego es la séptima puerta de la gran cueva —dijo Espadín.

Se montaron a lomos de los gatos de las

nieves y bajaron por el pasillo que los llevó a las profundidades más recónditas de las mazmorras, tan abajo que el aire era escalofriantemente frío. Una temblorosa Wish se acurrucó cada vez más sobre el grueso pelo de Corazonverde.

Xar notó que Espachurro estaba tieso dentro del bolsillo que tenía sobre el corazón. Si no lo llevaban rápido a la piedra, lo perderían definitivamente.

El pasillo finalmente se abrió hacia la gran cueva, iluminada por la luz parpadeante de las antorchas. Tormenta se agachó detrás de Xar y susurró:

—Esss ahí.

Había siete puertas que comunicaban con la cueva y en la séptima había un cartel desgastado que decía: «Cámara de extracción de magia».

La puerta estaba torcida y no era tan grande como pensaban. Si un gigante hubiera querido que le quitaran la magia, se hubiera tenido que tumbar en la cueva y estirar el brazo por la puerta.

Una extraña fuerza magnética parecía querer empujar a Xar hacia la puerta torcida, como si un viento helado tirara de él. Luego se dio cuenta de que la espada que llevaba colgada se retorcía y apuntaba hacia la puerta como si fuera un dedo de hierro.

El instinto le decía a Xar: «Corre… No continúes… Para ahí…».

Nocturnojo, Corazonverde y Gatorreal caminaban en círculos nerviosos, gruñendo, escupiendo y aullando.

—Noentréisssahí, noentréisssahí, noentréisssahí, noentréisssahí —siseaban los trasgos.

—Pero tenemos que hacerlo —dijo Wish, bajándose del lomo de Corazonverde.

—¡En nombre del trasgo! —afirmó Xar, que bajó de Gatorreal de un salto.

Wish metió la llave en la cerradura y la puerta de la cámara de extracción de magia de Sychorax se abrió.

¿Llegarán a tiempo para salvar a Espachurro?

17. La cámara de extracción de magia de la reina Sychorax

a cámara de extracción de magia tenía un techo muy alto y era completamente circular. En ella solo había una piedra de color gris oscuro. Era una piedra normal pero increíblemente grande, áspera por los bordes, como si fuera lava solidificada.

—¿Esta es la piedra arrebatamagia? —preguntó Xar sin poder creérselo, puesto que no parecía que tuviera nada que diese especial miedo.

Pero los trasgos y los animales eran más sensibles a la extraña atmósfera de la habitación y siseaban como avispones debido a los nervios. Los gatos de las nieves daban vueltas sin descanso alrededor de la sala circular con los pelos de punta.

Xar se metió la mano en el bolsillo y sacó a Espachurro, que estaba rígido como una piedra preciosa verde oscuro. Su respiración helada y entrecortada lo hacía estremecer a pesar de la parálisis de su cuerpecito. Se le estaba apagando la luz, se moría; cada vez se debilitaba más, igual que su aliento.

—Ahora tienes que ponerlo sobre la piedra —dijo Wish.

—No deberíasss hacerlo, Xar —siseó Ariel, que,

levantando los brazos delgaduchos, le advirtió—: Tienesss que creer en losss cuentosss de hadasss, cuentosss de nuestro passsado, los cuentosss de hadasss encierran consejosss sabiosss…

Pensamiento terminó la frase:

—… y todos los cuentos dicen: ¡NO TOQUES LA PIEDRA!

—El padre del padre de mi padre me contó que nunca tocara esta piedra, Xar… —dijo Tormenta. Y los otros trasgos dijeron a coro: «Y el mío, y el mío, y el mío…».

Y las paredes de la cámara hicieron retumbar estas palabras que podían haber sido las palabras de esos trasgos… o las palabras fantasmales de los trasgos que antaño habían estado allí y se habían enfrentado a las mismas decisiones en el pasado: «Y el mío, y el mío, y el mío…».

—Los trasgos tienen razón —dijo Caliburn, nervioso—. Tienes que creer en los cuentos porque siempre significan algo. Lo que me preocupa es ¿QUÉ significan exactamente?

Ahora que estaban delante de la piedra y que debían enfrentarse a tener que tocarla de verdad, Xar estaba terriblemente indeciso: no sabía qué hacer.

Sobre ellos, en algún lugar de la oscuridad, la voz del antiguo trasgo cantaba con la claridad y pureza de un ruiseñor: se arrepentía de haber perdido su magia, de que sus alas, que antes acariciaban las estrellas en una noche de invierno ventosa, estaban ahora paralizadas… y el dolor nostálgico de esa canción les recordó a todos lo importante que era esa decisión.

Xar siempre sabía cómo actuar, pero por primera vez en su vida… no estaba seguro.

—¿Qué debo hacer? —dijo, sufriendo por la indecisión—. Quizá Espachurro prefiera irse al lado oscuro en lugar de abandonar la magia. Si no va a poder volar nunca más, a lo mejor piensa que es mejor morir.

—Esta es nuestra única oportunidad de salvar la vida de Espachurro —recordó Wish—. ¿Y si lo dejas sobre la piedra solo un segundo o dos para que desaparezca la magia bruja, pero lo retiras rápidamente para que conserve magia suficiente para poder volar?

—¿Crees que funcionará? —preguntó Xar a Caliburn.

—Bueno, no te lo puedo asegurar —contestó él—. Nunca me había topado con magia bruja.

—Pero tenemos que mantener la esperanza —dijo Wish—. No podemos dejarlo morir. Tenemos que desear que funcione y así haremos que algo bueno ocurra, incluso en este lugar oscuro.

—Ayúdame —suplicó Xar a Wish—. No puedo hacerlo solo.

Los cinco trasgos y los duendeludos, alarmados

y desconfiados, formaron un círculo brillante sobre la cabeza de Xar y Wish. Ariel pronunció unas palabras de protección como CCVRBXTLT y DJERKLTITOCOLX, y las puntiagudas letras brillantes se estremecieron de miedo y de nervios mientras flotaban en el aire antes de desvanecerse.

Xar y Wish suspiraron profundamente y se arrodillaron ante la piedra, sujetando con delicadeza a Espachurro, a quien inclinaron de tal manera que solo la mancha de la bruja marcada en el pecho tocara la superficie de la roca.

Xar giró la cabeza.

Y después…

No ocurrió nada.

El pobre duendeludo se sacudió un poco y luego se quedó quieto de nuevo.

—¿Creéis que es demasiado tarde? —susurró Xar al ver que la luz de Espachurro había desaparecido por completo. Por un momento, el trasgo le recordó a una pequeña hiedra rígida sobre la piedra.

Pero luego, justo cuando Xar comenzaba a pensar que lo había perdido, un tímido parpadeo de luz surgió del pecho de Espachurro y se hizo más y más fuerte…

El color verde desapareció poco a poco de las piernas… los brazos… y, finalmente, del pecho del trasgo. Tras un zumbido repentino, tomó una bocanada de aire, abrió los ojos y batió débilmente las alas…

—Está vivo —murmuró Wish aliviada mientras Espachurro volvía a la vida con un suave zumbido.

—Rápido, separémoslo de la piedra —dijo Xar.

Wish y él se pusieron a ello enseguida, con delicadeza pero firmemente, y el pequeño trasgo se sentó en la palma de Xar, pestañeando, confundido, como si se hubiera despertado de un coma.

—¡Está vivo! —gritó Xar, lanzando un puño al aire mientras el trasgo respiraba cada vez más tranquilo y susurraba:

—¡Essstoy vivo! ¡Esssstoy vivo! ¡Essstoy vivo!

—¡Está… vivo! —Xar sonrió—. ¿Creéis que podrá volar?

—Es un poco pronto para saberlo, Xar —contestó Caliburn—. Necesitará algo de tiempo para recuperarse.

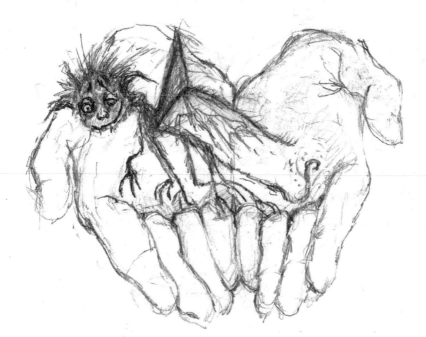

Los trasgos no son como los humanos, los bosques salvajes son tan peligrosos que hubieran muerto hace años si no pudieran recuperarse a toda velocidad de una enfermedad. Con valentía, Espachurro levantó la cabeza, desplegó las temblorosas alas y se lanzó al aire tambaleándose.

—¡Puede volar! —gritó Xar—. ¡YA ESTÁ TODO ARREGLADO! ¡TODO VA A IR BIEN! ¿Ves, Caliburn? Tú, con tu negativismo y tu «lo que está hecho no se puede deshacer»... Si ya te lo decía yo: ¡nada es imposible! ¡Y ha sido en el momento perfecto! Soy taaaan listo, ay, esta inteligencia mía... Dejarlo con la magia justa para que pueda volar ha sido una genialidad.

—Rápido, Xar —dijo Espadín—. Pon la mano en la piedra para deshacerte de la mancha de bruja... y para que nos podamos ir de este lugar horrible.

Xar suspiró.

—Vamos, Xar —le metió prisa Caliburn—. Sabes que esta es la segunda parte de la misión. Debes haber aprendido algo de esta noche. Todas estas cosas malas han pasado por intentar conseguir la magia malvada de una bruja...

—Ya lo sé, ya lo sé... —dijo Xar apenado—. Pero no tienes ni idea de lo duro que es vivir en un mundo mágico sin tener magia.

—Es difícil, pero ya has visto lo que la magia

bruja le ha hecho a Espachurro. Lo que tienes en la mano es magia mala y la magia mala hace que pasen cosas malas.

—De acuerdo, de acuerdo —suspiró él—. Lo haré.

El milagro de los milagros: parecía que Xar había aprendido algo en los últimos dos días.

El chico se arrodilló y colocó la mano con la mancha de la bruja sobre la piedra.

Fue una sensación rara, pero no duró mucho tiempo. Notó un temblor eléctrico en la palma y esta se pegó a la piedra como si fuera un imán. Al cabo de un momento, notó que algo salía de él y entonces la fuerza desapareció y consiguió levantar la mano: la mancha verde ya no estaba.

Xar suspiró al mirarla. Durante un momento había sido especial, aunque fuera en el mal sentido. Ahora volvía a ser el antiguo Xar, sencillo y normal, demasiado mayor para seguir sin poder hacer magia.

Caliburn aterrizó en su hombro y dijo para mostrarle su apoyo:

—Has hecho lo correcto, Xar. Estoy orgulloso de ti. Has hecho algo maduro y sensato. Sé que es difícil, pero tienes que esperar pacientemente a tener tu propia magia, no lanzarte y luego intentar arreglar las cosas de inmediato.

—Ya lo sé, pero todo es tan complicado

—respondió el chico con tristeza—. Al menos Espachurro está curado —dijo para animarse.

—¡Lo essstoy! —susurró Espachurro, observando la escena con sueño desde el borde del bolsillo de Xar—. Pero ¿por qué esssstamos todavía en esssta mazmorra tan essspantosa?

—Buena pregunta —contestó Xar—. ¡Larguémonos de aquí!

Wish estaba arrodillada junto a la piedra para impedir que Xar pudiera salir; trataba de no dejarse llevar por el pánico.

—¿Wish? He dicho que nos vayamos.

La respuesta de Wish no llegó enseguida. Tragó saliva.

—No puedo separar las manos de la piedra.

18. Ay, madre... La historia cambia de rumbo inesperadamente

ubo un silencio incómodo.

—¿Qué quieres decir con que no puedes separar las manos de la piedra? —dijo Xar.

—Quiero decir que… tengo las manos pegadas a la piedra.

—¡¿Cómo es eso posible?! —exclamó Espadín con horror.

Había ocurrido lo siguiente: Wish se había arrodillado para ayudar a Xar a acercar a Espachurro a la piedra. Al intentar levantarse, había tropezado con torpeza como le pasaba con frecuencia. Había apoyado las palmas sobre la piedra para no caer y ya no pudo volver a despegarlas.

Perpleja, había intentado tirar de ellas para apartarlas, pero cuanto más fuerte tiraba, más se pegaban.

Ahora estaba de rodillas de nuevo, con las dos manos sobre la piedra y la frente apoyada sobre la superficie fría y gris. Tenía las manos pegadas a la piedra como con pegamento. Intentó mover el dedo meñique, pero no lo consiguió. Ahora notaba algo cálido y agradable en las manos y empezaba a sentirse un poco mareada. Era una sensación extraña, como si una gran fuerza del interior de la roca tirara de su interior, vaciándola como quién vacía una botella de vino.

—¿Qué pasa? —preguntó Espadín—. ¿Por qué no puede separar las manos de la piedra? ¿Qué hemos hecho mal? ¿Qué quiere decir esto?

—Es raro… muy raro —dijo Caliburn, totalmente confundido.

Xar y Espadín intentaron ayudar a Wish a separar las manos, pero estaban muy pegadas.

Todo ese tirar y arañar hacía sangrar los dedos de Wish, por lo que les gritó que pararan. Los trasgos, como es obvio, no podían usar sus hechizos en las mazmorras de hierro de Sychorax, por lo que zumbaban alrededor, gimiendo:

—Tienesss que creer en lasss hissstoriasss… Tienesss que creer en losss cuentosss… No toquesss la piedra…

En realidad, no eran de gran ayuda porque Wish ya la había tocado, así que era un poco tarde para aconsejarle esas cosas.

—Ay, madre, ay, madre, ay, madre… ¿Qué está ocurriendo? —preguntó Espadín con inquietud—. Algo raro está pasando. Sé que algo… Ojalá nunca hubiéramos entrado aquí. ¿Estás bien, Wish? No duele, ¿verdad?

—No —contestó Wish—. No duele. Estoy algo mareada, pero no es doloroso.

La chiquilla tenía náuseas, sentía confusión y miedo. Era una sensación muy claustrofóbica la de tener las manos pegadas a una enorme piedra gris en una cueva horrible en una mazmorra a cientos de kilómetros bajo tierra. La mente de Wish comenzaba a jugarle malas pasadas.

¿Y si se quedaba allí para siempre? Ese era el problema de los objetos mágicos y por eso había que tener mucho cuidado al tocarlos. Nunca sabías exactamente cuáles eran sus reglas.

¿Y si esa era la moraleja de los cuentos? ¿Que si pones las dos manos sobre la piedra y no eres la persona correcta, y si por ejemplo, eres un guerrero en vez de una persona mágica, no podrás volver a separarlas?

Pasaron siete minutos. Ocho.

—¿Qué está pasando? —repetía Wish una y otra vez.

—Nueve minutos… diez minutos… ¿Qué ocurre? —dijo Caliburn, confundido.

Hacía tanto calor allí que a Xar le caían goterones de sudor por la frente y tenía la camiseta empapada.

Lo más raro era que el calor parecía estar afectando a la cuchara encantada. Estaba sobre el hombro de la princesa, tratando de consolarla, pero estaba casi doblada por la mitad. Pobre cuchara; era como si, identificada con el problema, también le estuvieran quitando la vida a ella.

Los gatos de las nieves y los trasgos presentían el peligro, por lo que formaron un círculo defensivo alrededor de Xar. Los trasgos levantaban las manos para conjurar un hechizo, pero fallaban. Maldecían con tal intensidad que el aire se llenó de magia frustrada.

Wish se sentía débil y agitada e intentaba no dejarse llevar por el pánico.

—No me voy a quedar aquí para siempre, ¿verdad, Caliburn?

—No, no —contestó él, esforzándose en sonar tranquilizador—. No, no, para siempre no... Para siempre es mucho tiempo... Seguro que solo es una pequeña dificultad... Es un malentendido y en cualquier momento podrás separar las manos...

La frente de Wish estaba muy cerca de la piedra.

¿Era su imaginación o la roca que tenía enfrente se estaba volviendo más clara? Más y más clara, sí, y, de alguna manera, transparente, como si la superficie de la piedra fuera solo una membrana y pudiera verle el interior.

¡Ay, por el muérdago y el roble y todas las cosas dulces y venenosas!

Mientras Wish miraba, fascinada y embelesada,

le pareció ver que un ojo se abría en algún lugar del corazón de la piedra…

… y una voz horrible y chillona susurró:

—Holaaaaa… He estado esperándote…

Xar la miró boquiabierto.

—Parece que la piedra acaba de hablar.

—No es la piedra —jadeó Wish—. Hay algo dentro…

Hubo un fogonazo cegador y deslumbrante, pero cuando Wish pudo ver con claridad…

… estaba mirando el ojo de una enorme bruja acurrucada dentro de la roca, con las piernas dobladas debajo como un saltamontes grande y oscuro.

19. La magia no se destruye, solo se esconde

Encanzo el Encantador tenía un dicho que Sychorax debería haber recordado: «La magia no se destruye, solo se esconde». ¡Cuánta razón tenía! Ese era el secreto de la piedra arrebatamagia. Quitaba la magia por una razón.

—¿Qué… es… eso? —musitó Wish, totalmente horrorizada.

—Soy el rey brujo —dijo una horrible voz chirriante y terrorífica.

—Ay, por el ojo de tritón y los dedos del batracio vacilón —maldijo Caliburn con horror—. El destino nos ha tomado el pelo. Es pura mala suerte. Tenemos el universo en contra. Este azar tiene MUY MAL DÍA.

Era el rey brujo de verdad y parecía que el destino les había jugado una mala pasada.

Los magos solían respetar la tradición de no escribir nada. El problema de esto es que, cuando la verdad pasa de boca en boca durante siglos, se deforma y fragmenta por el camino.

Al parecer los trasgos estaban en lo cierto al decirles que no tocaran la piedra. Puede que los cuentos de hadas tuvieran razón. Como dijo Caliburn, el problema de las historias es que tienes que saber qué significan.

El verdadero secreto de la piedra había sido revelado. Aquí estaba su verdad: muchos siglos atrás, vencieron al rey brujo en la última Guerra Bruja y lo encerraron en esa piedra. Durante cientos de años, había estado absorbiendo la magia del exterior, esperando y esperando.

La reina Sychorax pensaba que traía a los Antiguos Mágicos a la piedra porque ella quería. ¿Cómo iba a imaginarse que estaba respondiendo a la voluntad del brujo encerrado en la piedra y que en el corazón de la fortaleza de hierro, dentro de la roca gris, había otro corazón, otra voluntad, que empujaba, planificaba, deseaba y esperaba con una fuerza invisible y espantosa, como una araña de largas patas en el centro de una enorme telaraña gris?

—Esssunbrujo esssunbrujo esssunbrujo esssunbrujo —chillaban los trasgos y los duendeludos, que ascendían en el aire con miedo y expulsaban pequeñas nubes de humo negro lleno de terror.

—Dame tu magia… —musitó el rey brujo—. Dame tu magia… DAME TU MAGIA…

—Esto debe de ser un error —suplicó Wish, obligándose a mirar al mal del interior de la piedra—.

Me temo que no tengo magia que darte… No soy maga… Soy solo una princesa guerrera normal y corriente. Por favor, suéltame…

—Sí que tienes magia —contestó el rey brujo—. Confía en mí, sé cuándo hay magia porque puedo sentirla. Tu magia no es nada normal. Es un tipo especial de magia, es una magia que llevo esperando mucho mucho tiempo. Es el tipo de magia que funciona sobre el hierro…

Ay.

Mi.

Madre.

—¡DESPEGADME DE ESTA PIEDRA! —gritó Wish con todas sus fuerzas.

Se produjo el caos en la cámara de extracción de magia. Espadín y Xar tiraron de los dedos de Wish, pero no consiguieron moverle las manos.

—No puede ser verdad, ¿no? —Wish se echó a llorar—. ¡Soy una guerrera! Los guerreros no pueden ser mágicos. ¡Es imposible!

Pero no hay nada imposible, solo improbable.

En cuanto el rey brujo pronunció esas palabras, todos los que estaban en la habitación supieron que debía de ser cierto. Eso lo explicaría todo: por qué Wish se sentía extraña y distinta últimamente, por qué en los últimos dos meses le habían pasado un montón de cosas raras: los alfileres cobraban vida en sus manos, las alfombras se movían bajo sus pies o curvaban sus bordes cuando los pisaba. Los objetos que tocaba se filtraban por sus manos como si fueran agua o le pasaban la electricidad cuando los rozaba con los dedos. Las cosas que pensaba que había puesto en un sitio aparecían en otro. Se le erizaba el pelo al conocer a algunas personas o al entrar en ciertas habitaciones y se retorcía sobre sí mismo creando una maraña parecida a un nido de pájaros. Se le rasgaba la ropa, se le desataban los zapatos, se le perdían llaves...

Pensaba que era porque se estaba volviendo más olvidadiza, torpe, distraída e incluso más inútil de lo normal. Pero...

Wish tenía trece años, que era la edad a la que la magia solía aparecer.

—La cuchara... —musitó Espadín para sí mismo.

¡Una guerrera mágica!

Impensable.

Pero ¿podría ser que la cuchara hubiera cobrado vida porque la extraña magia de Wish, la que funcionaba sobre hierro, la había encantado?

Ahora que Espadín lo pensaba, el carácter de la cuchara, inclinada sobre el hombro de Wish, se parecía bastante al de la princesa: amable y leal, un poco insensata, un poco rara.

¿Cómo podría Wish encantar algo sin saber que lo estaba haciendo? Porque la magia tardaba en controlarse, sobre todo si no eras consciente de que la tenías.

Y eso era también muy típico. Obviamente, si Wish tuviera magia, esta sería como ella: muy distinta a la del resto del mundo.

—Ay, madre, ay, madre, ay, madre…
—Caliburn aleteó por la habitación—. Sabía que no nos estábamos haciendo las preguntas correctas. Las preguntas que nos teníamos que haber hecho eran: ¿por qué se despiertan las brujas ahora? ¿Por qué aquí? ¿Por qué nosotros? La respuesta es que se están despertando porque la magia de Wish acaba de surgir.

Caliburn tenía razón. No eran coincidencias. Las brujas habían estado dormidas durante siglos, pero habían decidido elegir este momento concreto para despertar de su letargo porque habían notado que Wish se había vuelto mágica y eso era algo que necesitaban.

—Dame tu magia… —coreó el rey brujo dentro de la piedra con el mismo graznido chirriante y horrible de antes—. Dame la magia que funciona sobre el hierro…

—¿Por qué la quieres? —sollozó Wish, a sabiendas de que no quería oír la respuesta.

Caliburn adivinó el porqué.

—¡¡¡Quiere conseguir la magia suficiente para salir de la piedra!!! —gritó—. ¡Tenemos que apartarla de ahí!

—¡¡¡DESPEGADME DE LA PIEDRA AHORA MISMO!!! —volvió a chillar Wish.

—Tormenta, intenta lanzar un hechizo para separarla —ordenó Xar—. Mientras, yo trataré de tirar de ella de nuevo.

Tormenta siseó enfurecida, escupiendo con enfado e irritación.

—¡¡¡Sssssssssshh!!! ¡Por la gran torpeza de la humana maloliente! ¡Te has vuelto loco, amo! Tenemos que salir de aquí ahora mismo. Las cosas van a ponerse feas…

—Obedéceme —dijo Xar con firmeza.

Los trasgos rebuscaron con desesperación en sus bolsas de hechizos. Invisibilidad, pociones de amor, maldiciones, hechizos para volar… Todo era magia que duraba poco tiempo, útil para las cosas del día a día, no para enfrentarse a un mal tan oscuro como una bruja. Lo intentaron con cada varita de sus sacos, con rayos, con los números cuatro y cinco… pero, claro, su magia no funcionaba en una prisión llena de hierro.

La espantosa voz chirriante del rey brujo se volvió más y más fuerte y llenó la habitación de horror.

—DAME TU MAGIA DAME TU MAGIA

DAME TU MAGIA DAME TU MAGIA...

—canturreó el brujo. A medida que el volumen de su voz aumentaba, más miedo tenía Wish.

—¿Cómo uso la magia para soltarme? —gritó Wish.

—DAME TU MAGIA DAME TU MAGIA DAME TU MAGIA DAME TU MAGIA...

—Tienes que desear algo con todas tus fuerzas... ¡DESÉALO! ¡HAZ UN HECHIZO! —contestó Xar—. Y señálalo con las manos.

—No puedo —jadeó Wish, que se sentía tan débil que quería rendirse y morir allí mismo—. Tengo las manos pegadas a la piedra. ¿Por qué no puedo despegarlas? Separar a Espachurro ha sido muy fácil...

—El brujo ha dejado que soltaras a Espachurro —dijo Caliburn, planeando sobre la piedra—, pero a ti no piensa soltarte por nada del mundo...

Con las dos manos pegadas a la piedra, no podría utilizar la magia de manera independiente al brujo, ni aunque supiera usarla. Notaba que le absorbía los pensamientos a través de las manos. Sentía el efecto adormecedor de los pensamientos del brujo mezclándose con los suyos, como si la devorara un animal gigante y viera el proceso de digestión a través de sus ojos.

«Al fin y al cabo, si los guerreros han

prometido acabar con la magia, es perfectamente razonable que las brujas contraataquen», dijeron los pensamientos, que ya no sabía si eran suyos o del brujo.

—DAME TU MAGIA DAME TU MAGIA DAME TU MAGIA DAME TU MAGIA…

Wish veía a través del cuerpo del rey brujo, donde latían dos corazones negros y se encendían todas sus arterias minúsculas como en una pequeña red de carreteras de un débil color verde o como las venas de una hoja. Pero también había otras vías: senderos mágicos que se entrecruzaban con las arterias verde brillante del brujo, como pequeños caminos que serpenteaban por un bosque blanco.

Desde el interior de la roca, el brujo apretaba las palmas contra la piedra y las hacía encajar con las de Wish, pegadas en el exterior; sentía que la magia le salía de los dedos y se introducía en las manos del rey brujo a un ritmo regular que coincidía con el de su corazón.

«Deseo salir de aquí… Lo deseo… Lo deseo… Lo deseo…», se repetía Wish.

Se desató el caos en la cámara de extracción de magia cuando el canto hipnótico del brujo aumentó de volumen, hasta volverse ensordecedor. Los trasgos lanzaban sus hechizos al azar y los gatos de las nieves aullaban y rugían.

—¡CONTRAATACA! —gritó Caliburn—.
¡INTENTA USAR TODO LO QUE PUEDAS
PARA SOLTARTE! ¡DESOBEDECE! Piensa
en Xar desafiando a su padre. Enfádate, Wish, y
contraataca. Maldice al brujo. No sueltes la magia
solo porque creas que es lo que debe hacer una
guerrera.

Wish pensó en Xar cuando, en el campo, había
gritado a su padre y notó que la magia salía de ella
con más lentitud.

—Es demasiado tarde… —dijo Espadín—.
La piedra se está moviendo…

La piedra había empezado a tambalearse, al
principio con lentitud, luego con más fuerza y
velocidad.

«Por los bigotes de las brujas, el muérdago
murmurador y las uñas amarillentas de los pies de los
ogros de los pantanos —pensó Espadín—. ¡El brujo
ha debido de absorber suficiente magia para escapar
de la piedra!»

—¡Huyamos! ¡Huyamos! ¡Huyamos!
—chillaron los trasgos y los duendeludos, que
brillaban como meteoritos.

Pero no podían irse y dejar sola a Wish. Ni
Espadín, ni Xar, ni Caliburn, ni los gatos de las
nieves, ni siquiera los trasgos podían.

Los trasgos tienen la mala fama de ser unas

criaturas voladoras traicioneras que no conocen el significado del amor ni la lealtad. Sin embargo, puedo decir que estos trasgos, a pesar del miedo a la piedra tambaleante, al brujo que estaba a punto de salir y a la propia muerte, se quedaron al lado de su amo. Siseaban y chisporroteaban como hogueras, pero aun así se quedaron.

Sin pensarlo dos veces, Xar sacó la espada encantada. La luz hizo brillar su hoja:

«Antaño había brujas…

… pero las maté.»

Levantó la espada por encima de la cabeza, dio un grito enorme y la hundió en la piedra con todas sus fuerzas. Obviamente, esto tendría que ser imposible. ¿Una espada de hierro que se clava en una piedra? Pero la espada mágica se hundió hasta la empuñadura, como si la hubiera clavado en la tierra.

¡BUUUUUUUMMMMMM!

A Wish se le erizó hasta el último pelo de la cabeza y brilló como el fuego. Al humo de la habitación, se le añadió el olor a pelo quemado. La puerta salió de sus bisagras y chocó con fuerza contra la pared de enfrente. Un relámpago recorrió la superficie de la piedra y Wish salió catapultada hacia atrás, saltó por los aires y aterrizó en un rincón de la habitación con un horrible golpe seco.

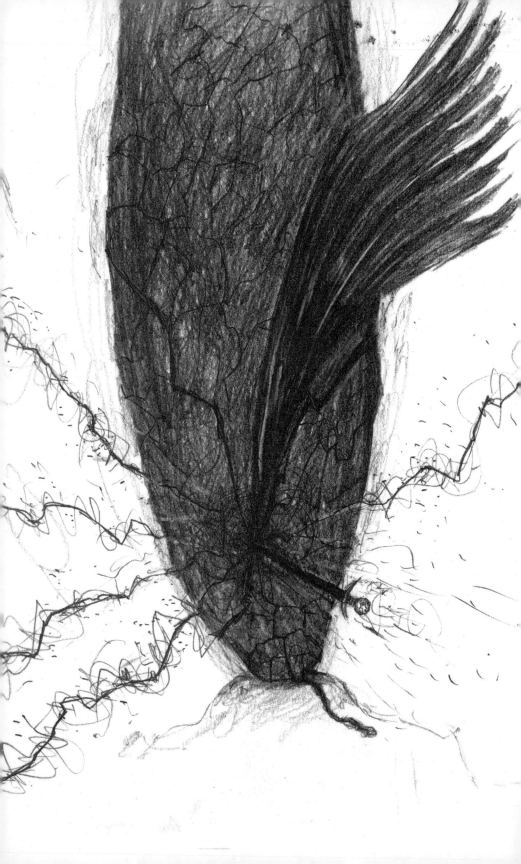

En la superficie de la piedra se formaron unas grietas pequeñas, como las que aparecen en un huevo antes de nacer el pollito.

—¡La piedra se está rompiendo! —gritó Tormenta—. ¡La piedra se está rompiendo!

La piedra se rajó de lado a lado y una enorme grieta de un centímetro de ancho zigzagueó por ella con la espada clavada en el centro.

Y de esa grieta salió algo serpenteante.

20. La historia se complica aún más

Al principio, ese algo se asemejaba a un charco de aceite negro que salía de la roca, como la yema cuando se rompe la cáscara del huevo.

No se podía tratar del rey brujo, ¿no? ¿Cómo se iba a deslizar esa cosa que habían visto en el interior a través de una grieta que no medía más de un centímetro de ancho?

Seguramente, el brujo había muerto cuando Xar hundió aquella espada enorme en la roca en que estaba encerrado. Lo que salía de la roca resquebrajada debía de ser la sangre del brujo muerto. No obstante, el charco que tenían delante no paraba de agrandarse.

De repente, justo ante sus ojos, el agua negra empezó a solidificarse y a convertirse en un ser de carne y hueso que se podía mover; un cuerpo totalmente real y vivo. Era un espantajo de algo, empapado y lleno de plumas que chorreaban.

A veces la gente prefiere convencerse de que las brujas no pueden ser tan malas como las pintan en los cuentos de hadas, pero bastaba con una mirada al rey brujo para darte cuenta de que todo en él era maldad y que incluso podía ser aún mucho peor.

De todos es sabido que podías morir de miedo

con tan solo mirar a una bruja. Puede adoptar múltiples formas, algunas más gratas que otras, pero la mayoría son para tener un aspecto lo más aterrador posible.

La «cosa» tenía una nariz con forma de cuchillo, tan afilada y prominente en la punta que podía servir para cortar cebollas. En vez de ojos tenía dos huecos negros que parecían dos profundos pozos en cuyo fondo brillaba algo líquido y acerado como el mercurio. De la boca caía una asquerosa saliva negra desde los colmillos. Con la mandíbula podía despedazar y engullir un ciervo entero de un solo mordisco. Un cuerpo mitad humano, mitad pantera, con alas colmadas de plumas negras.

Vamos, contemplar al rey brujo no era nada agradable.

Esa cosa reptante desprendía muchísimo poder. Lentamente, y mientras desplegaba por completo sus alas negras empapadas, de las que caían gotas oscuras y humeantes, levantó el pico y miró directamente a Xar y Espadín.

Y entonces se esfumó.

—¿Dónde está? ¿Adónde ha ido a parar? —preguntó Xar mientras se giraba.

Los animales emitieron alaridos de terror, los trasgos abrieron la boca repleta de colmillos y chillaron de miedo, pues pocas cosas hay más escalofriantes que un enemigo al que no puedes ver.

Wish, que se encontraba al otro extremo de la habitación, se encogió; estaba temblando.

—Que no cunda el pánico —dijo Caliburn, asustadísimo—. ¿Dónde está? ¿Alguien lo ve?

Los tres empezaron a dar vueltas para averiguar dónde estaba el brujo invisible, pero no encontraron nada.

—¡Va a ir a por Wish! —exclamó Xar, que estaba seguro, aunque no sabía por qué.

Y, en efecto, el aire que había por encima de Wish comenzó a condensarse y a oscurecerse.

Con valor, la cuchara encantada se subió a la cabeza de Wish y se giró para enfrentarse a la oscuridad. Sin embargo, una cuchara encantada es ideal para preparar un postre, pero no para enfrentarse a una de las criaturas vivientes más aterradoras de las que pueblan el planeta.

Xar intentó sacar la espada de la roca, pero estaba atascada. Era como si hubiera estado clavada allí desde siempre: por muy fuerte que tirase, no se movía ni un milímetro.

Tras otro grito espeluznante y totalmente desarmado, Xar, el chico que tan solo se preocupaba por sí mismo, se abalanzó sobre el brujo. A su vez, el brujo embistió a Wish y mientras caía y chillaba, se fue haciendo visible, algo que no es tan fácil ni tan indoloro como encender una vela. De hecho, en ese momento fue como si el mismo aire se rasgara como una cortina: primero apareció una cabeza desdibujada por los bordes con humo y chispas negras y después el propio brujo, con un tufo apestoso a pluma quemada y chillando como un halcón.

Wish se agachó por instinto.

El brujo había apuntado a su cabeza directamente para arrancársela de cuajo. (Qué criaturas más majas los brujos estos, ¿eh?)

Sin embargo, Xar y los gatos de las nieves pegaron un brinco como nunca lo habían hecho y lograron coger al brujo por la cola.

Así pues, el brujo solo consiguió rozar la cara de Wish con las garras y arrancarle el parche del ojo mientras volvía a alzar el vuelo; la muchacha gritó de dolor y se cubrió la cabeza con las manos al caer al suelo.

Con un grito de furia, el brujo se quitó de encima a Xar y a los gatos de las nieves sin dejar de dar vueltas. Se giró para atacar a ese chico humano tan molesto y enclenque que había clavado la espada en la roca y había frustrado su intento de atrapar a Wish.

El brujo sonrió y, ¡ay, por el muérdago y por todas las cosas dulces, jugosas y venenosas!, la sonrisa de un brujo es una de las cosas más horribles del mundo. Abrió la mandíbula completamente para tragarse a Xar de un bocado.

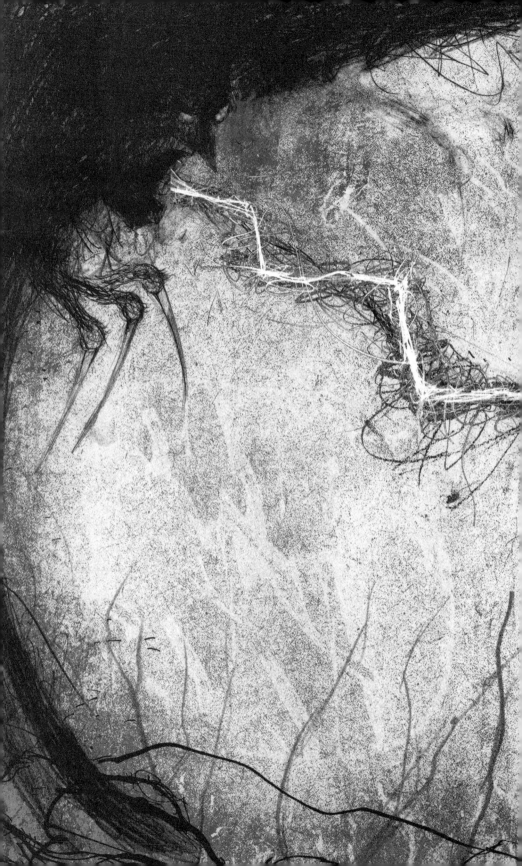

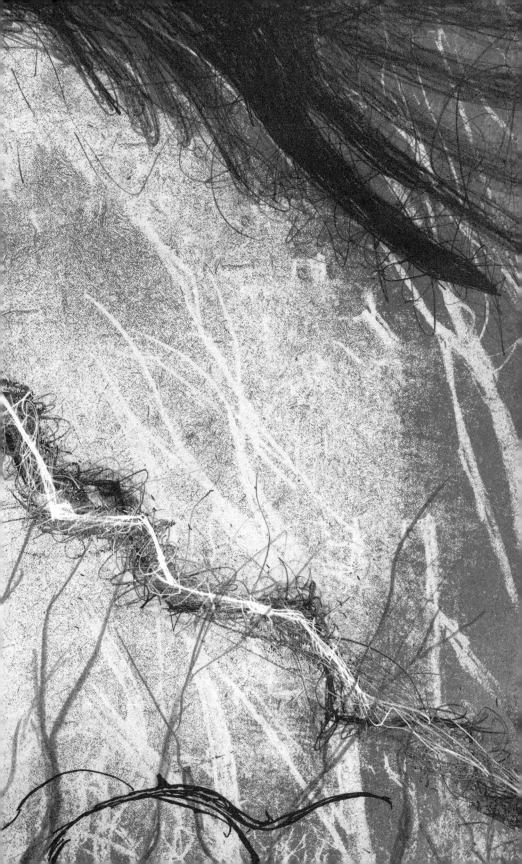

El aliento cálido del brujo apestaba tanto a huevos podridos y a muerte que Xar por poco se desmaya del tufo.

«Por lo menos moriré de una forma gloriosa —pensó Xar, abrumado por el miedo— y me recordarán por ser alguien importante. Seré el primero al que haya matado un brujo en cientos de años».

¡Qué típico de Xar pensar en la fama y en la gloria, aun estando a punto de morir!

El brujo se lanzó en picado. Esta vez no fallaría.

21. Deseos

—¡No! —exclamó Espadín.

Justo al otro lado de la sala, Espadín vio cómo Wish se apartaba las manos de la cara. Al levantar la cabeza, también gritó:

—¡NO!

El brujo le había arrancado el parche, que había caído al suelo.

El ojo que Wish escondía bajo el parche estaba cerrado y se podía apreciar un buen rasguño, más grande incluso que el otro ojo. Alrededor de la cuenca había un moretón muy marcado, como si la piel humana no hubiera podido soportar la fuerza ardiente de la garra.

Cuando Wish gritó, solo abrió un poquito el ojo. El color del ojo era muy extraño, nunca visto, un color que nadie habría imaginado hasta el momento. No sé cómo describirlo, a menos que lo compare con otras cosas. Un color que podía ser frío y cálido a la vez, un color que te recordaba los volcanes, las tormentas eléctricas, la electricidad, el PODER.

Wish sentía el poder en su interior y era aterrador: todo rabia y revuelo, como una tormenta eléctrica en su cabeza tan intensa que hasta le dolía, como si unos duendes lo martillearan por dentro. Se le erizaron todos y cada uno de los pelos.

Un viento bastante confuso y repugnante se arremolinó en la sala y lanzó por los aires a los trasgos, las plumas y el polvo. El suelo se curvó y empezó a temblar como un mar embravecido.

En el fondo de ese ojo extraordinario de Wish se formaron unas nubes extrañas, como el pensar, agitar y crear de nuevas ideas. Se oyó un chasquido muy pequeño y...

... la magia surgió del ojo con tanta potencia que hasta fue posible verle el color imposible. El ojo tenía la forma de una estrella torcida y acertó al brujo justo cuando estiraba la garra para disparar una ráfaga penetrante de magia ardiente a Wish.

Y entonces...

¡¡¡BANG!!!

El brujo explotó por los aires, como un amasijo de carbón y plumas negras.

Espadín, Xar y los gatos de las nieves rodaron por el suelo.

El polvo y las plumas del brujo cayeron como una lluvia oscura por el aire.

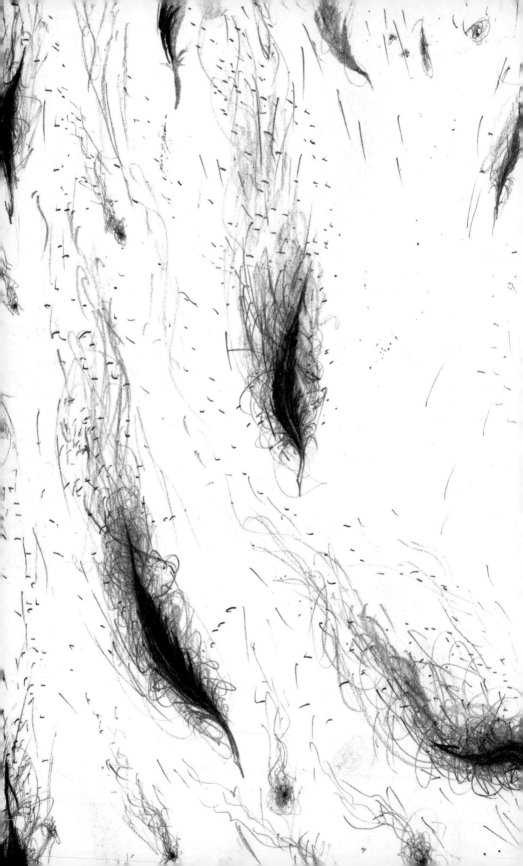

22. Compensación y consecuencias

as paredes y el suelo poco a poco dejaron de temblar; de hecho, pararon de una forma tan brusca que de la puerta se desprendieron unas piedras enormes.

—¡Madre mía! No me lo puedo creer. ¡Lo he conseguido! —dijo Xar, asombrado, mientras se apoyó en el codo para levantarse. No paraba de toser, de escupir y de tambalearse entre las nubes de polvo, al tiempo que intentaba coger las plumas que caían, embriagado por una enorme alegría—. He matado al brujo. ¡Despierta, guardaespaldas, despierta!

Xar dio un golpe con el pie a Espadín, que estaba boca abajo, puesto que se había desmayado de nuevo por la conmoción de lo ocurrido.

—¡HE MATADO AL BRUJO! ¡LO HE LOGRADO!

—¡El brujo ha muerto! ¡El brujo ha muerto! —canturreaban los trasgos, mientras daban volteretas de alegría en el aire.

Un poco aturdido, Espadín volvió en sí, frotándose la cabeza.

—¿Qué ha ocurrido? —preguntó.

—¡HA EXPLOTADO! —exclamó Xar

asombrado y
entusiasmado, ya
que le encantaban
las explosiones—.
¡Ha EXPLOTADO
de verdad! ¡Ha sido
increíble! La explosión
más fuerte que he oído
nunca. No puedo creer
que te la hayas perdido.

Xar gritaba
de alegría mientras
extendía el brazo para
ayudar a Espadín a
ponerse en pie.

—¿Ha explotado?
—preguntó Espadín,
aturdido, mientras
extendía la mano para
atrapar una de las plumas
que seguían cayendo dentro
de lo que quedaba de la
habitación.

—¡Mira! —exclamó el
chico, señalando las plumas
que había a su alrededor—.

¡SENTID MI PODER!

Eso es todo lo que ha quedado del brujo. La magia de Wish lo ha hecho explotar, pero ha sido mi magnífica estocada con la espada la que lo ha debilitado para que funcionara la explosión. —Levantó el puño y afirmó—: SOY EL CHICO DEL DESTINO, ¡SENTID MI PODER!

—¡Ostras! ¡Lo hemos logrado! —exclamó Espadín cuando se dio cuenta de lo que habían conseguido—. Hemos matado al rey brujo. ¡Magos y guerreros luchando juntos!

Xar y Espadín se abrazaron mientras los gatos de las nieves daban brincos de alegría a su alrededor sobre el suelo destrozado, aullando de felicidad.

—Sí, tengo que admitir, Wish, que has contribuido con eso tan extraño que has hecho con el ojo. ¿Cómo lo HAS HECHO?

Xar se giró para felicitarla, pero ella ya no estaba.

En ese momento se fijaron en lo silencioso que estaba todo.

Las paredes no temblaban y el suelo, que antes estaba tan agitado, no se movía ni un ápice. Y las plumas no eran lo único que caía despacio sobre el suelo de la habitación. También caía algo parecido a copos de nieve, pero de un color muy poco común.

Solo quedó el silencio, además de la caída suave de las plumas negras, esa nieve de color peculiar… y el polvo.

—Pero ¿dónde ESTÁ Wish? —preguntó Espadín, desconcertado, mientras echaba un vistazo alrededor de la habitación y a la entrada abierta con la puerta reventada—. ¿Habéis visto dónde ha ido?

—¡Mira! La puerta está desencajada de las bisagras —dijo Xar—. Puede que se haya ido corriendo para pedir ayuda o algo…

Y entonces vio que la cuchara yacía inmóvil en el suelo. Se arrodilló y la cogió. Ahora que había acabado el encantamiento, la cuchara estaba fría y dura por completo: era una cuchara de hierro totalmente normal.

Con mucho cuidado, Xar la volvió a dejar en el suelo. El silencio reinaba en la cámara de extracción de magia.

Caliburn voló hasta el hombro de

Muévete, cuchara, muévete

Xar con un aleteo lento y cierto pesar evidente. Se quedó posado allí con tristeza.

—Lo siento mucho, Xar —dijo Caliburn—, pero con la confusión creo que no te has percatado de una segunda explosión, casi al mismo tiempo que la primera. A Wish la ha pillado por sorpresa, la ha hechizado para que bajara la guardia… El rey brujo ha descargado una explosión final de magia que la ha alcanzado de lleno.

—¿Ha explotado igual que el rey brujo? —preguntó Xar, incapaz de creerlo, porque no lo había visto con sus propios ojos.

Imposible.

Inimaginable.

«Vuelve, Wish —pensó Xar con todas sus fuerzas—. ¡VUELVE!»

—OJALÁ, OJALÁ… OJALÁ PUEDAS VOLVER.

Sin embargo, no podía devolver la vida a esos fragmentos, aunque lo deseara con todas sus fuerzas.

—¡RESPIRA! ¡VUELVE A LA VIDA! ¡MUÉVETE!

Pero ese polvo de extraño color que formaba parte de lo que había sido Wish, estaba frío e inmóvil. Por mucho que Xar lo deseara, no podía hacer que volviera a moverse. No podría ni el mago más poderoso del mundo.

Los actos tienen consecuencias y hay que pagar un precio; hay cosas que no se pueden deshacer.

Xar empezó a llorar.

Espadín y él se arrodillaron y comenzaron a llorar juntos, inclinaron la cabeza a la vez mientras las plumas negras y el polvo de ese extrañísimo color seguía inmóvil y en silencio, formando un círculo a su alrededor.

Incluso los trasgos sollozaban, y eso que las hadas no lloran. Es una de las cosas que tienen: nunca lloran. Aun así, sus lágrimas caían sobre las plumas y la nieve.

Y entonces…

Entonces…

Entonces, con los ojos llenos de lágrimas, Xar creyó ver que se movía el extremo de la cuchara.

Parpadeó. Tal vez fuera una mera ilusión.

Pero no, lo hizo de nuevo y, en esta ocasión, el contorno se movió de verdad.

—¿Qué ocurre? —susurró Espadín, con los ojos como platos.

—¿Qué esssstá passsando? —susurraron los trasgos, que se aferraron a sus finas varitas. Se les erizó el pelo por la electricidad. La habitación volvía a impregnarse de magia.

Los pequeños copos de un color tan extraño de Wish se elevaron solos del suelo en una gran nube de trocitos que cantaban como los pajaritos mientras se

agitaban en el aire, mezclándose y reorganizándose como si recordaran la posición exacta que ocupaba cada una de sus piececitas en el rompecabezas que daba forma a un ser humano.

No chocaban unas con otras; esos millones de piezas de cenizas y polvo volaban en un remolino que no dejó de dar vueltas durante un buen rato, hasta que poco a poco se fue asentando en el suelo y empezó a formar la nariz, los ojos, las orejas, la boca, las piernas de Wish, como si se esculpiera una escultura a partir de la nada y se creara VIDA justo delante de Xar y Espadín.

Durante un segundo, esa escultura perfecta permaneció inmóvil, muerta; perfecta pero inerte, como si fuera un esbozo robótico de lo que una vez fue Wish. Pero, por encima de sus cabezas, se formaron los últimos fragmentos de Wish, que conformaron un corazón humano suspendido en el aire.

—¡Mira! —susurró Tormenta, mientras señalaba hacia arriba.

Xar tomó aliento.

«Es imposible —pensó Xar—. No puedo creer lo que estoy viendo… un corazón que vuela.»

El corazoncito marrón bajó bastante rápido, como si tuviera prisa, y suavemente se introdujo en el pecho de Wish, que yacía en el suelo…

Wish se medio incorporó como un autómata

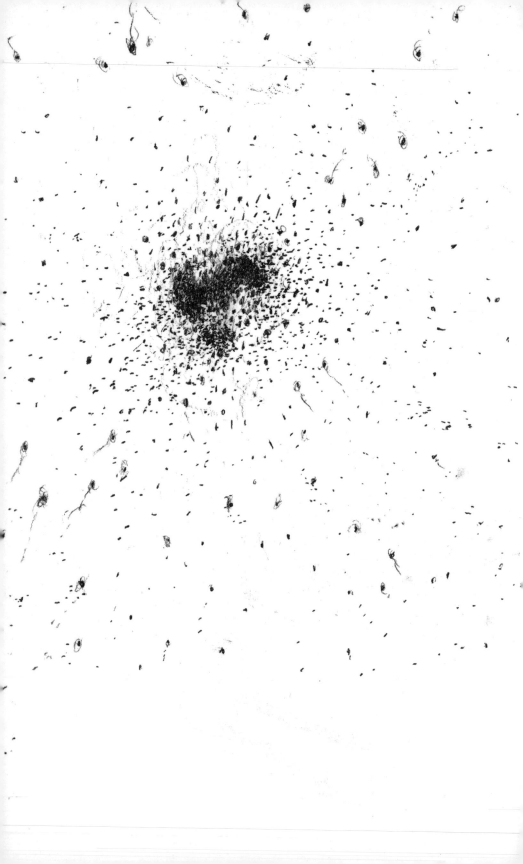

de madera y tomó una gran bocanada de aire, como si se bebiera la vida, y pasó de la muerte a la vida entre temblores, farfulleos, babas y flemas.

Se sentó erguida, respirando con cierta dificultad.

—¿Qué...? ¿Qué ha ocurrido?

—¡ESTÁ VIVA!

23. Cuando la aventura termina, empiezan los problemas

—¡ESTÁ VIVA! ¡ESTÁ VIVA! ¡ESTÁ VIVA! Todos empezaron a bailar alrededor de la habitación con una alegría incluso mayor; hasta la cuchara encantada daba piruetas por doquier como loca.

—¡Ay, mis plumas, mi pico, mi cola…! —susurró Caliburn—. ¡Menos mal! Por un momento pensé que todo iba a acabar fatal, que el destino y el universo nos habían deparado el peor día para levantarnos con el pie izquierdo… pero ¡está viva!

Entre las nubes de polvo, Wish se puso de pie con dificultad.

—Estoy bien —dijo ella tambaleándose—. Estoy bien…

Tenía el pelo tieso y apuntando hacia todas direcciones, como si se hubiera electrocutado; parecía un erizo de mar pirata.

—¡Rápido! Ponte el parche —dijo Espadín, que se agachó, cogió el parche del suelo lleno de polvo y se lo devolvió enseguida a Wish, puesto que el ojo mágico hacía que las paredes volvieran a temblar.

En cuanto se puso el parche, el suelo dejó de moverse y las paredes se enderezaron.

—¿Qué ha pasado aquí…? —preguntó Wish, a quien le costaba mantener el equilibrio.

—Ha sido increíble —gritó Xar.

Inimaginable.

Imposible.

Inconcebible.

—Lo que acabamos de presenciar —dijo Caliburn con tono de sorpresa— es uno de los espectáculos más extraordinarios del universo: una Gran Encantadora se ha regenerado sola.

—¿De qué narices hablas? —dijo Wish, pestañeando varias veces.

—Estás viva —exclamó Espadín—. Has muerto, pero eres una Gran Encantadora, así que tienes más de una vida…

¿Qué ha pasado?

—Es lo más absurdo que he oído en mi vida —dijo ella—. No estaba MUERTA. Solo me he caído durante un segundo.

—Pero estabas hecha PEDACITOS —dijo Xar con tono alegre—. Había piezas diminutas por toda la habitación… Y luego volviste en ti de nuevo. Es lo más impresionante que he visto en la vida.

—Qué tontería —dijo Wish, un poco confusa, sobre todo porque, entre unas cosas y otras, se sentía algo trastornada, como también te sentirías tú si te hubieras descompuesto y vuelto a componer tan deprisa—. Es imposible… Pero ¿qué decís? ¿Que puedo morir y revivir? —preguntó Wish.

—Sí, pero tiene truco —dijo Caliburn—. Los Grandes Encantadores están hechos de carne y hueso y con el tiempo todo se deteriora, así que lleva cuidado con las vidas que te queden, Wish. Al fin y al cabo, no sabes cuántas tienes.

—Vale —dijo Wish, haciendo esfuerzos para digerir toda esa información—. ¿Y qué le pasa a mi ojo?

—Debe de tratarse de un ojo mágico —afirmó Caliburn—. Muy poco frecuente, pero muy poderoso. Solo lo he visto dos veces en todas las vidas que he vivido. Eso sí, nunca de ese color. Ese debe de ser el color de la magia que funciona con el hierro.

—Espera un momento —dijo Xar, molesto—. La persona que tiene la magia que funciona con el hierro

LIBRO de HECHIZOS

El ojo mágico

Se documentan poquísimos casos de magos que nacen con el «ojo mágico». Se trata de una magia muy poderosa que puede ser muy difícil de controlar. Se suele asociar con los encantadores que tienen más de una vida.

pág. 5.321.942

es el chico del destino y Wish no puede serlo porque, para empezar, ¡es una chica!

—Nadie ha dicho que la persona del destino tenga que ser un chico, Xar —respondió Caliburn—. Ya no estamos en la Época de la Oscuridad que conoces… (Bueno, en realidad, sí, pero nadie cree vivir en esa época cuando está en ella).

—Pero no entiendo —dijo Wish—. Me he quitado el parche millones de veces y, creedme, nunca ha pasado nada de eso.

—Ya, bueno, pero acabas de cumplir trece años, por lo que puede ser que acabes de desarrollar la magia, ¿no? —dijo Caliburn.

—Entonces, ¿no solo tengo magia —dijo Wish, muy pero que muy enojada—, sino que encima es un tipo de magia muy extraña y es por mi culpa que estas brujas y brujos se estén despertando?

—No es culpa tuya del todo —dijo Caliburn—. No obstante, si las brujas pudieran conseguir la magia que funciona con el hierro, tendrían la esperanza de volver a alzarse. Durante todos estos siglos de guerras sangrientas, se han dado cuenta de que, sin ese poder, no pueden vencer a los guerreros. Esto es lo que han estado esperando durante todos estos años.

MECACHISSS.

Esto era grave, muy grave.

No es nada agradable pensar que ERES el

objetivo de las criaturas más terroríficas que hay sobre la faz de la tierra.

Wish se sentía muy confusa con todo aquello. Por un lado, era un horror enterarse de repente de que era una guerrera mágica, pero, por el otro… Siempre había sido Wish, nombre que siempre iba acompañado de un suspiro de decepción: era la séptima hija de Sychorax, una chiquilla un poco patosa y algo cegata que quería ser guerrera como sus hermanas, pero fracasaba en el intento. Pero ahora había descubierto que era WISH, una palabra distinta, una palabra que significaba magia por sí misma, y esta nueva WISH era una persona muy especial, que podía parecer normalita por fuera, pero que por dentro guardaba un secreto grandioso, aunque también peligroso.

—Ya pensaremos en todo esto luego. Al menos, por ahora, todo se ha solucionado —dijo Xar con alegría—. Hemos salvado a Espachurro, Wish está viva, hemos matado al rey brujo, he roto esa roca horrible y he arreglado las cosas. Todo ha acabado bien para todos. Sabía que todo al final saldría bien.

Xar, triunfante, se volvió hacia Caliburn y le dijo:

—¿Ves? No era tan difícil, ¿no?

—Vaya, Xar —dijo Caliburn, moviendo la cabeza—. Me vas a matar en una de estas. Tus aventuras son muy malas para mi corazón.

Espadín los miraba fijamente, asombrado. En

los últimos cinco minutos había pasado de forma tan radical del miedo y la desesperación a la euforia que sentía como si un Gran Ogrogris lo hubiera estado zarandeando dentro de un cubo.

—¿Quieres decir que sueles experimentar cosas así normalmente? —susurró, maravillado.

—A todas horas —suspiró Caliburn—. Pero reconozco que esta ha sido una de las peores.

Espadín echó un vistazo por la habitación, que había quedado totalmente destrozada.

La valiosa cámara de extracción de magia de Sychorax estaba en ruinas por completo: el suelo era un montón de escombros, la roca había explotado, la puerta estaba desencajada y había arañazos de garras de brujo en el marco de la puerta.

Las brujas, muertas durante cientos de años, se habían despertado y regresado al mundo otra vez.

—¿Qué quieres decir con «solucionado»? —preguntó Espadín—. Yo no diría que está precisamente «solucionado». De hecho, todo está hecho un desastre. Un absoluto desastre. Los brujos y brujas andan por ahí y todo es por nuestra culpa. Nunca debí dejar que la princesa saliera de la fortaleza... Tendría que habérselo contado a los mayores...

Wish le dio una palmadita en el hombro y dijo:

—Tranquilo, Espadín; no seas tan duro contigo. No todo es por nuestra culpa. Los brujos ya andaban por ahí de todas formas. De hecho, siempre han estado ahí, solo que no los podíamos ver. Debemos ver el lado bueno y darnos cuenta de todo lo que hemos aprendido de esta aventura —continuó Wish—. Los guerreros y el mago han luchado juntos contra el rey brujo y lo han vencido. Es una buena señal para el futuro.

Dejaron la espada en la roca, ya que no se movía, ni tan siquiera cuando Wish intentó sacarla. Era como si el destino pensara que ninguno de ellos estaba preparado para empuñarla.

—No lo entiendo —dijo Xar, desconcertado—. Necesitamos la espada más que nunca, sobre todo ahora que los brujos han vuelto al bosque.

—Pero la espada es algo… obstinada, ¿no? —dijo Caliburn—. Y aún no conocemos sus secretos, así que quizá este sea el mejor lugar para ella ahora.

Puede que Caliburn tenga razón; a saber dónde puedes esconder y confinar de manera segura una espada encantada que parecía pensar por sí misma, que quería matar brujos y que podía forzar las cerraduras y traspasar suelos y techos. Ni siquiera la reina Sychorax, que era toda una experta en cárceles, podría encontrar una solución para contenerla, por lo que sí, quizá la roca era el lugar más seguro por el momento.

Dejaron una nota a Sychorax junto a la espada clavada en la roca. La escribió Wish, por lo que la ortografía presentaba muchos errores.

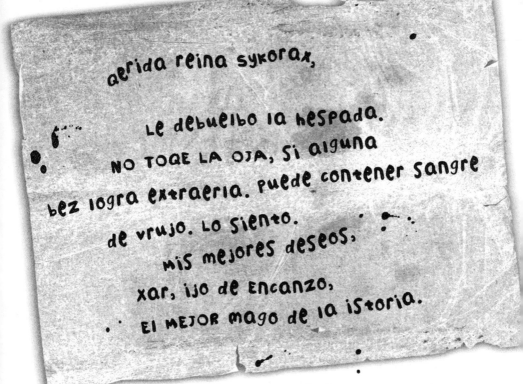

querida reina sykorax,

Le debuelbo la hespada.
NO TOQE LA OJA, Si alguna
bez logra extraeria. puede contener sangre
de vrujo. Lo siento.
MiS mejores deseos,
Xar, ijo de encanzo,
El MEJOR mago de la iStoria.

No fue muy difícil encontrar a los Antiguos
Magos apresados por la reina Sychorax. Simplemente
bastaba con seguir el ruido, y en cuanto entraron en las
mazmorras, los cantos cesaron y los que antaño fueron
mágicos se quedaron mirando, incapaces de creer que
estuvieran allí.

El gigante, Apisonador, levantó su cabeza
desgreñada.

—Xar —gritó—. ¡Has venido a salvarme!
Sabía que lo harías.

—Pues claro —respondió Xar, que olvidaba muy
oportunamente que, de no haber sido por Wish, que
fue la que se lo dijo, no se habría dado cuenta de que

faltaba Apisonador—. Porque soy el líder y eso es lo que hacen los líderes.

Ver la cara dulce e inocente del gigante mientras Xar se abrazaba a su tobillo hizo que todo mereciera la pena para Wish.

Encarcelar a los Antiguos Mágicos estaba mal y ella lo sabía. Su madre estaba equivocada. No era malvada, como le había dicho Xar una vez, claro que no, pero sí que se equivocaba.

—Salgamos de aquí —gritó Xar, mientras agitaba los brazos con alegría.

No obstante, para su sorpresa, las personas que antaño fueron mágicas no parecían tan dispuestas a escapar como esperaba. Permanecían allí quietas; hasta el más ruidoso estaba triste y callado, como si se hubieran deshinchado como un globo, y los pobres trasgos que habían perdido la capacidad de volar estaban tan muertos de vergüenza que huyeron, echando a correr como ratoncillos por la prisión.

—Están avergonzados, Xar —le explicó Caliburn—. ¿Qué es un gigante sin su gran tamaño? ¿Qué es un trasgo sin sus alas?

Eran como guerreros que regresaban de una batalla totalmente heridos, pobrecillos, y que no sabían cómo encajar en un mundo repleto de magia.

Sin embargo, Xar intentó persuadirlos para

que salieran. Se puso encima de una roca en el centro de las mazmorras y les dijo:

—¡No os avergoncéis! Soy Xar, el chico del destino y, en este momento, parece que, debido a algún error divino que se me escapa, aún no puedo hacer magia. He venido a rescataros y a llevaros ante mi padre, Encanzo, el Mayor Encantador que haya vivido sobre la faz de la tierra. Estoy seguro de que os ayudará a recuperar vuestra magia.

—Creo que no deberías prometerles tal cosa, Xar —dijo Caliburn—, no creo que eso sea posible.

Pero la promesa era esperanzadora para estas personas. La posibilidad de recuperar la magia era un rayo de esperanza, incluso para la quimera o el duende más apagado y alicaído.

Apisonador cogió en brazos a los trasgos que no podían volar y se ofreció a llevarlos en los bolsillos, o a que se posaran en su pelo como liendres. Cada vez se fueron animando más; saltaban y corrían por los pasillos a toda prisa, de vuelta a la cámara de extracción de magia, porque allí era donde emprenderían el camino hacia la salida secreta.

El grupo se detuvo en la cámara de extracción de magia.

—Aquí es donde nuestros caminos se separan —dijo Espadín.

—Acompáñanos, Wish —dijo Xar—. Vente a nuestro campamento, podrás ser una maga allí.

Xar y Wish se habían conocido en un cruce de caminos y estrellas en el bosque hacía tan solo veinticuatro horas. Aquí, en las mazmorras subterráneas, había otra encrucijada y le tocaba a ella decidir qué camino tomar.

Por un lado, el rastro del polvo de trasgos llevaba al laberinto de mazmorras y de ahí hacia el fuerte de Sychorax. Por el otro, un gran pasillo negro llevaba a la salida secreta y hacia el bosque, que era donde se dirigían Xar y las criaturas mágicas.

La tentación de coger ese último camino era muy grande, ya que parecía el camino de la diversión y lo salvaje, la magia y los gatos de las nieves.

Pero…

—No puedo abandonar mi hogar —dijo Wish—. Solo tengo trece años. Este es mi hogar… y mi madre no es tan mala como crees.

—¡Tu madre es una persona muy peligrosa! —dijo Xar.

Aunque Espadín deseaba con todas sus fuerzas que Wish volviera a la fortaleza con él, estaba de acuerdo con Xar:

—Recuerda todas las cabezas que había en la cámara, todos los libros de hechizos apilados en las celdas… Sychorax quiere ser bruja, Wish.

—Por todos los helechos, ¿de verdad lo crees?
—dijo Wish con la voz entrecortada—. ¿Cómo puede ser,
si siempre ha sido ella la que ha insistido en lo mala que
es la magia y ha dicho que hay que luchar contra ella?

Sí, Sychorax tenía muchísimos secretos y Wish
se había enterado de demasiadas cosas sobre su madre,
más de las que hubiera querido saber.

—Sé que quiere hacer lo correcto, lo sé,
y mi madre se merece una segunda oportunidad
—dijo obstinada—. Todos merecemos una segunda
oportunidad, ¿no?

—Wish tiene razón, debería quedarse aquí
—dijo Caliburn, pero no porque pensara que
Sychorax mereciera una segunda oportunidad, sino
por la multitud de personas malvadas, magos e incluso
cosas peores, que podían querer obtener la magia que
funciona con el hierro—. La magia de Wish es tan
poderosa que, de momento, es mejor que se quede
en el Fuerte de los Guerreros. De hecho, ahora que
lo pienso, los guerreros deben quedarse el *Libro de
hechizos* de Xar, por si acaso.

—Gracias por tus palabras, Caliburn —dijo
Wish, que sintió un ligero escalofrío—, pero no lo
necesitaré. No voy a hacer más magia de momento,
no hasta que no convenza a toda la gente de la tribu
guerrera de que la magia no es tan mala como creen.

—No —dijo Espadín enseguida, aunque se

moría de ganas de echar un vistazo de nuevo a las imágenes, las historias, las recetas, los hechizos y todo el mundo mágico que había dentro de ese libro—. No, Wish no debería tener cosas mágicas… Pensad en el lío tan grande en que nos han metido la cuchara y la espada encantadas. Wish es una princesa guerrera y necesita olvidarse de todo lo relacionado con la magia.

Caliburn le lanzó una mirada afectuosa y dijo:

—Bueno, la magia se puede esconder. Pero renunciar a la magia… eso es ir demasiado lejos. Mira lo que acaba de pasar en este fuerte. Eso sí, la que tiene Wish es demasiado peligrosa y especial, será mejor que la escondas. Nadie debe saberlo o Wish estará en grave peligro. La vida apacible de una princesa guerrera es muy importante. Tiene mucha suerte de tenerte a ti como su ángel de la guarda, Espadín.

Espadín se sonrojó.

—No sé de qué me hablas. ¿Qué es un ángel de la guarda? ¿Es como un trasgo?

—Parecido —dijo Caliburn—. Pero recuerda, y esto no puedo decirlo más alto ni más claro: nadie puede saberlo. Por eso necesitas este libro. Hay muchísimos capítulos sobre esconder y ocultar tu magia ante los demás… Si alguna vez alguien peligroso empieza a perseguirte, si alguien con un corazón malvado, potentes hechizos y magia muy poderosa va a por ti, este libro podrá salvarte la vida.

Wish cogió el libro que le tendía el cuervo. Estaba en unas condiciones horribles, quemado y manchado, las páginas se desprendían como confeti.

—También puedes escribir en él —dijo Caliburn—. Escribe tu propia historia, que te ayudará si intentas guardar un secreto. Arranca una pluma de mi lomo, hay una que está a punto de caerse, y llévala siempre contigo.

Wish le arrancó la pluma y la colocó dentro del *Libro de hechizos*, que guardó en un bolsillo de su capa.

—Adiós, Espachurro —dijo Wish, cuando el trasgo voló por delante de ella, enfadado—. Espero que te recuperes pronto y puedas volar tan bien como antes.

—No entiendo por qué no vieness con nosssotros al

campamento de magosss, pero me da igual —refunfuñó
Espachurro, mientras le revolvía el pelo y le pellizcaba la
nariz con pinchacitos que parecían los de una ortiga—.
Tienesss cara de jabalí y huelesss peor que una plasssta de vaca.

—Anda, si te estás metiendo conmigo. Eso es
genial, Espachurro. Eso es que ya te sientes mejor —dijo
Wish con alegría.

Espachurro la miró con pena y le dijo:

—Pero ¿por qué no vienes con nosotros? Vente… No
hagas que me ponga triste.

—Lo siento mucho, Espachurro.

—Déjalo —dijo Ariel, con los ojos llenos
de malicia—. Te echaremos de menos, pero lo
superaremos, ¿verdad, Pensamiento? Que se queden
PARA SIEMPRE en esta fortaleza tan grande y
aburrida.

Ariel le dijo adiós
con sus brazos
llenos de espinas
y soltó un
par de

palabras que sonaron como «XPCTELRBURTIBUT» y «CCRVMLBCXTT». Vamos, nada bonito.

—Adiós, Xar —dijo Wish.

—Adiós —dijo él despreocupadamente y con las manos en los bolsillos, porque no quería que nadie se diera cuenta del disgusto que tenía.

Y ahí se separaron sus caminos.

Xar y sus criaturas mágicas echaron a correr y a volar por el pasillo. Los trasgos iban dejando el rastro de bonitas serpientes de luz que decían «cuídate», «adiós», «no vuelvas», «hasta nunca». Wish y Espadín se los quedaron mirando hasta que desaparecieron en la oscuridad, cantando canciones que ya no se podían entender de lo lejos que sonaban.

Entonces, con cierta tristeza, Wish y Espadín fueron en la otra dirección, hacia donde estaba el guardia durmiendo a la entrada de la mazmorra. Luego, atravesaron la fortaleza de forma muy sigilosa, con cuidado de que no los vieran los vigilantes nocturnos.

Mientras tanto, Xar y todos los Antiguos Mágicos doblaron todas las esquinas a la izquierda hasta llegar a la salida secreta de la reina Sychorax: una puerta enorme que algún elfo con manos muy hábiles debía haber construido, puesto que era inmensa y estaba inclinada hacia el interior debido a la pendiente de la colina.

Que fuera una salida secreta era desconcertante, ya que la puerta era lo bastante grande para que pudiera entrar y salir un gigante, simplemente agachando un poco la cabeza.

En cuanto llegaron a la puerta, fue mucho más fácil salir de la fortaleza que entrar.

Xar intentó imitar a la reina Sychorax y gritó:

—¡ABRID Y NO OS ENTRETENGÁIS! La contraseña es CONTROL.

Y entonces… ¡CREEEEEEEC!

Un guardia que estaba al otro lado abrió la puerta, que por un lado era de madera, y por el otro estaba completamente recubierta de hierba, y todos salieron en tropel. Xar llevaba la capa real roja inconfundible, por lo que el guardia supuso que la reina Sychorax que acababa de salir era la misma que la del interior.

El guardia no se sorprendió al ver a su reina salir del fuerte acompañada de un gigante y todo un séquito de Antiguos Mágicos. Hizo una señal con la mano a los centinelas que había en las almenas para indicarles que no dispararan.

—No corráis —susurró Xar al notar el nerviosismo de los gatos de las nieves a su lado—. No debemos parecer asustados, ya que, si lo parecemos y empezamos a huir, sospecharán que algo va mal.

Los centinelas solo vieron a alguien con la capa

roja de Sychorax en el centro del grupo, mientras los gatos de las nieves dejaban sus huellas en la nieve. Xar y las criaturas mágicas salieron tranquilamente del fuerte en dirección al bosque. La luz de los trasgos se apagaba como una vela en cuanto llegaban al cielo.

Xar se relajó en cuanto él y los gatos de las nieves llegaron al cobijo de los árboles. Entonces, miró hacia la fortaleza. Habían cerrado la puerta y nadie diría que allí había una puerta, a menos que ya lo supiera.

Las siluetas diminutas de los centinelas en las almenas no parecían ni alarmadas ni nerviosas.

Era como si la reina Sychorax tuviera la costumbre de salir y entrar a escondidas por la puerta secreta, con distintos tipos de personas y objetos que antaño fueron mágicos, sin que los habitantes de la fortaleza supieran nada al respecto.

A pesar de que la magia estaba prohibida, por orden de la propia reina.

Ay, esta reina Sychorax era una mujer muy interesante.

Pero también astuta.

Demasiado astuta.

24. Lo que no vieron

Xar y las criaturas mágicas no fueron los únicos que escaparon hacia el bosque a medianoche.

En cuanto Xar, Wish y Espadín salieron de la cámara de extracción de magia, hubo un segundo de silencio. Entonces, un viento extraño se levantó en la sala, aunque era imposible que pudiera soplar el viento dentro. Las plumas negras y las motas de polvo del rey brujo que había por todas partes empezaron a volar sin parar.

Toda luz tiene su oscuridad. El día solo existe si hay noche.

Wish había muerto y resucitado, ¿no? Resultó ser una Gran Encantadora y los grandes encantadores tienen más de una vida.

Pero había más de un Gran Encantador en aquella sala.

Si Wish había vuelto a la vida... también podía hacerlo el rey brujo.

Muy lentamente, los millones y millones de fragmentos del rey brujo se alzaron en el aire con un extraño zumbido. Los diminutos trocitos zumbaban alrededor de toda la sala a una velocidad impresionante, como un enjambre de abejas; se movían sin cesar, tal como hicieron con Wish, como si tuvieran una memoria interna y supieran dónde iba cada uno.

Un canto extraño, dulce a la vez que malvado, inundó la habitación.

¿Cuántas vidas tiene este brujo…?

¿Cuántas veces lo han matado…?

¿Cuántas vidas le quedan…?

Arriésgalas todas…

Arriésgalas todas…

Arriésgalas todas…

Ni tan siquiera un Gran Encantador sabe exactamente cuántas vidas tiene, así que arriesgar una vida es peligroso; puede ser la última que tengas.

No obstante, parecía que al rey brujo le quedaba una más, por lo menos.

Se elevaron las plumas y los fragmentos; conforme subían, se iban uniendo unos a otros, constituyendo la figura oscura y peligrosa del rey brujo.

Tenía un ala rota y por eso le colgaba, pero estaba muy viva.

—…A SECEV SENEIT EUQ REDREP ANU ALLATAB ARAP RANAG AL ARREUG…—graznó el rey brujo, lo que significaba: «A veces tienes que perder una batalla para ganar la guerra».

El brujo dio un alarido ininteligible y luego se volvió otra vez invisible, esfumándose como el humo.

Se fue volando por la entrada destrozada.

Se encontraba muy débil por la batalla, por los siglos que llevaba atrapado en la roca y por la herida de la espada matabrujas. Tenía que escapar y descansar antes de volver a atacar. Así pues, revoloteó como un murciélago invisible por encima de las cabezas de Xar y sus criaturas mágicas mientras corrían por los pasillos. Cuando escaparon por la puerta secreta de Sychorax, también lo hizo el brujo invisible.

Fuera, en el mundo exterior, el rey brujo voló, haciéndose poco a poco visible a medida que alcanzaba los árboles.

25. Madre e hija

os caminos de Espadín y Wish se separaban en la puerta de la casa de Wish, en mitad del fuerte. (Wish vivía en una casa para ella sola, puesto que las princesas eran tan importantes que tenían casas particulares. Eso sí, la casa estaba un poco aislada, pero mostraba su posición social.)

Espadín se sentía un poco melancólico, puesto que todo había acabado, ya no era un héroe: solo era un ayudante de guardaespaldas. Había vivido un día en otra vida, veinticuatro horas gloriosas en las que había cabalgado y luchado junto a una princesa, como si fuera su igual y, por tanto, un guerrero como tal.

—Ahora —dijo Espadín a Wish, intentando sonar más alegre de lo que en realidad estaba— toca volver a la normalidad, princesa. Dame la cuchara y la pondré de nuevo en la cocina, donde volverá a la vida como una cuchara normal. Es hora de dejar atrás la magia, tal y como me prometiste…

—Sí… —dijo Wish pensativa—, pero aún TENGO el *Libro de hechizos*, ¿no? Quizá podamos devolver la vida normal a la cuchara mañana…

—Vale —asintió Espadín—. ¿Prometes que lo harás mañana?

—Prometido —dijo Wish.

—Buenas noches, Wish —dijo él—. Buenas noches, cuchara.

—Buenas noches —dijo ella con timidez al tiempo que estrechaba la mano a Espadín.

—Princesa —dijo el muchacho, porque había algo que le rondaba por la cabeza—, lo del desmayo de antes… ¿Crees que será un problema para mi futuro como guardaespaldas?

—¿Hay otra profesión en la que estés interesado? —le preguntó Wish con discreción.

—Bueno, sí, siempre he querido ser bufón y la verdad es que se me da bastante bien eso de contar historias, pero bueno, esa no es la cuestión. La cuestión es que toda mi familia ha sido guardaespaldas de alguien, así que yo también tengo que serlo y me pregunto si podré serlo después de esto del desmayo.

—Seguro que lo olvidarás pronto —dijo Wish—. Mañana, quizá… pero, mientras tanto, quédate con lo bien que lo has hecho. Eres un héroe y un muy buen amigo.

—No soy un héroe, soy ayudante de guardaespaldas —dijo Espadín, muy aliviado—, y para eso están los ayudantes de guardaespaldas, para ayudar.

Eso sí, no llegó a negar que fuera amigo de la princesa.

Y entonces, ambos se fueron a la cama.

La princesa se acostó en la cama real de plumas de ganso; el ayudante, en su cama de paja debajo de la mesa de la cocina.

Ambos durmieron plácidamente, puesto que había sido una noche muy larga, entre unas cosas y otras. Pero ya nada volvería a ser lo que era antes. Cuando un ayudante de guardaespaldas se embarcaba en una aventura como esa, cambiaba para siempre.

Al igual que la cuchara encantada, se había quemado con el fuego de la bruja y abrasado con el aliento de los trasgos. Había abierto los ojos en el campamento de los magos, había escuchado el lenguaje de los cuervos y le habían hecho ver las cosas desde su punto de vista.

Puede que lo haya dicho antes, pero... este es el problema de las aventuras y por eso el padre de Espadín estaba tan en contra de ellas.

Mientras tanto, Sychorax pasó una noche muy larga, totalmente a solas en la oscuridad y tuvo mucho tiempo para pensar.

¿Quién sabe? Probablemente la reina haya aprendido un par de lecciones.

Al fin y al cabo, para eso están las mazmorras.

Finalmente, cuando el guardia se despertó y abrió la celda en la que estaba apresada, la reina Sychorax fue corriendo hasta la puerta y a la cámara de extracción de magia, puesto que había oído el revuelo de la noche anterior y se había imaginado todo tipo de historias horribles sobre lo que podría haber pasado.

Vio la piedra y la espada, leyó la nota y la fría soberana se volvió aún más fría. No era tonta. La nota decía que era de Xar, pero la letra, la caligrafía, le hizo pensar inmediatamente en Wish.

Corrió, sin volar siquiera en esta ocasión, hacia la plataforma, a la superficie, recorrió las calles del fuerte ante la mirada sorprendida de los ciudadanos; su bonita melena dorada estaba hecha un nido de pájaros y para peinarla necesitaría una semana entera (si tenía la suerte de poder desenredársela bien, porque, a veces, con la magia, los trasgos podían alborotarte tanto el pelo que la única solución era cortarlo).

Corrió hacia la casa donde vivía Wish. La reina Sychorax no solía visitarla demasiado, puesto que las reinas están muy ocupadas y no siempre tienen tiempo para visitar a sus hijas, como las personas normales.

Irrumpió en la habitación de Wish y la encontró completamente dormida, roncando en la cama.

Entonces, la soberana suspiró de alivio.

El alivio rápidamente pasó a enojo, como suele ocurrir. La zarandeó con suavidad para despertarla.

Wish abrió un ojo medio adormilada y, en ese instante, en cuanto vio a su madre a su lado como un iceberg enfurecido, se despertó como si le hubieran dado una descarga eléctrica.

Ay, ay.

—Buenos días, madre —dijo cautela, tragando saliva.

—El mago se ha marchado —dijo la reina Sychorax con una furia abrasadora, observando los arañazos que tenía Wish en la cara y lo alborotado que tenía el pelo, que al igual que el suyo estaba hecho una maraña—. Ha escapado con el resto de criaturas mágicas. ¡Caos! ¡Desorden! ¡Anarquía! Y la piedra arrebatamagia está rota.

»También he perdido la espada —rugió—. Está atrapada en la roca justo cuando más la necesitamos, porque las brujas han vuelto al bosque. Es un completo desastre. Alguien me habrá robado la llave. Alguien ha debido de ayudar a ese desgraciado niño mago a escapar... Alguien tiene que haberle dado la espada. Ese alguien es un TRAIDOR para su madre, su familia y toda la tribu guerrera.

Wish evitó la mirada iracunda de su madre y miró pensativa a la distancia.

—Acabo de soñar algo muy raro —dijo Wish—.
He soñado que había un brujo dentro de la piedra
arrebatamagia, que se hacía llamar «rey brujo».

Sychorax la miraba asombrada. Su enfado se
había evaporado y se había vuelto inquietud.

—¿Un rey brujo dentro de la roca? —dijo
la reina—. Pero ¿qué dices? Eso es imposible…
Totalmente imposible.

Pero…

Si las brujas no se habían extinguido, quería decir
que las leyendas sobre el rey brujo también podían ser
ciertas. En todos los cuentos de hadas, el rey brujo
era el líder de las brujas, la mente maestra que las
controlaba a todas.

—En mi sueño, el rey brujo llevaba mucho
tiempo dentro de la roca. ¿Quién sabe? Quizá alguien
lo apresara hacía mucho tiempo para hacer del mundo
un lugar más seguro —dijo Wish.

»En los cuentos de hadas se dice que la piedra
no se debe tocar, ¿verdad? Pero no se sabía POR
QUÉ no debemos tocarla. Durante siglos, el rey
brujo debe haber tenido la intención de que distintas
personas acudieran a la roca para arrebatarles la magia
y salir de la roca. Seguro que lo ha intentado contigo
también, madre, y conmigo, con Xar, con todos
nosotros. De hecho, en mi sueño, el rey brujo salía de
la roca.

—Noooo… —murmulló Sychorax, con unos ojos brillantes y salvajes.

Estaba dándole vueltas a todo.

Wish notaba que su madre se estaba ablandando, así que siguió hablando de manera inocente y reflexiva y mirando con ojos soñadores a la distancia.

—Otra cosa extraña que ha ocurrido en el sueño —continuó Wish— fue que en las mazmorras que hay debajo de nosotras había una habitación llena de cabezas, pero no solo cabezas viejas, no. Había cabezas que me sonaban, de gente que había venido a la corte y había hablado en tu nombre, madre, o que había dicho cosas bonitas de ti cuando no estabas… No queremos que los habitantes de la fortaleza guerrera sepan de estas cabezas, ¿no?

—Los sueños pueden ser muy extraños —dijo Sychorax, sin quitar los ojos de encima a su hija.

Madre e hija se miraron la una a la otra; sus rostros eran máscaras idénticas. Detrás de esas máscaras, ambas estaban pensando: «¿Qué sabes?».

Por primera vez, se parecían muchísimo: el cabello erizado, la cara de póquer, la mirada recelosa.

—Es complicado —dijo la reina Sychorax al fin.

—Sí que lo es —dijo Wish.

Extendió la mano y la puso sobre la mano congelada de la reina Sychorax.

—Debe de ser difícil ser reina —continuó Wish.

Por primera vez,
madre e hija
se parecían muchísimo.

Sychorax volvió a presionar.

—Sí que lo es —afirmó la soberana—. ¿Qué le ocurrió al brujo que había dentro de la roca? ¿Dónde está ahora?

—Lo matamos con la espada —dijo Wish—. En el sueño, claro.

—Mmmm... —dijo la reina Sychorax—. Tuviste la suerte de vivir para contarlo.

Acarició la cara de su hija y todos los arañazos que tenía.

La reina la miró y durante una milésima de segundo, se quitó la máscara y vio que no había ningún tipo de resentimiento en su mirada, sino cierto respeto, desconfianza y miedo.

Sychorax no volvería a subestimar a su hija.

La frialdad de su cara se fundió en un esbozo de sonrisa, como el sol cuando aparece entre las nubes sobre un glaciar.

—Gran trabajo, Wish —dijo Sychorax—. Debe de haber sido un sueño espantoso, más bien una pesadilla, y parece que has tenido que enfrentarte a todo como una guerrera.

Wish se sintió muy aliviada y devolvió la sonrisa a su madre.

«¡Mi madre me ha sonreído!»

La sonrisa de la reina Sychorax desapareció y volvió a su compostura habitual.

Le colocó bien el parche a Wish, que se le había torcido un poco.

—Puede que me haya equivocado con esta roca —reconoció ella—. A veces, las reinas también se equivocan. Por lo que, en estas circunstancias tan especiales, estoy dispuesta a pasar por alto lo que ocurrió anoche.

Entonces, el tono de la reina Sychorax se endureció como el diamante y dijo:

—Eso sí, de ahora en adelante tienes que hacer lo que te diga: no quiero que tengas contacto con nada que sea mágico, ni magos, ni criaturas mágicas, ni tan siquiera el trasgo más diminuto del mundo. ¿Comprendido?

—Sí, madre —dijo Wish.

—Y si vuelves a ver a ese pícaro de Xar, hijo de Encanzo, me lo tendrás que decir inmediatamente, ¿estamos?

—Sí, madre —respondió ella.

Pero bajo las sábanas, tengo que decir que, conociendo a Wish, seguramente estaba cruzando los dedos.

—A partir de ahora, Wish, debes intentar convertirte en una princesa guerrera normal. Puedes empezar por llevar el parche siempre, eso sí, bien puesto y recto. Recuerda —dijo la reina muy seria mientras se ponía en pie—. Somos guerreras.

¡Mi madre me ha SONREÍDO!

—Levantó un dedo y añadió—: Una guerrera siempre debe estar presentable. El cabello en su sitio. El arma afilada. Las uñas brillantes. Recuérdalo.

Entonces, salió por la puerta principal, donde se había agolpado una multitud que miraba estupefacta en silencio cómo Sychorax, con la capa blanca andrajosa y el pelo hecho un desastre, cruzaba el patio con pompa y dignidad como si estuviera en su propia coronación. Los guardias se apresuraron a ofrecerle sus capas y ella, en un gesto magnánimo, las rechazó.

Era una reina en todos los sentidos.

Alguien empezó a aplaudir con cierto nerviosismo, como si no estuviera muy seguro de por qué, pero los demás guerreros se unieron, aunque tampoco sabían por qué aplaudían. ¿Qué había ocurrido? ¿Quién se había atrevido a atacarla? «Por todos los dioses verdes, ¿qué demonios había pasado para llevar esos pelos?»

En ese momento se giró, justo a la entrada de su morada.

La multitud calló y se inclinó hacia delante para oír lo que iba a decir, con la esperanza de que contara la historia tal como había ocurrido abajo en las mazmorras.

—No quiero que nadie hable de esto —dijo la reina Sychorax con un tono suave y tranquilo— NUNCA MÁS.

Y así lo hicieron.

26. Padre e hijo

Mientras tanto, Encanzo el Encantador caminaba de un lado a otro del gran salón consternado por el miedo, pues había enviado varias expediciones a buscar a Xar, pero aún no lo habían encontrado.

El día anterior, cuando Encanzo el Encantador y sus magos entraron en la habitación de Xar, vieron que estaba vacía y que en el centro había un gran agujero.

Cuando Encanzo se arrodilló junto al agujero, vio a la bruja muerta al fondo y se dio cuenta de que su hijo había desaparecido…

«¿Qué he hecho?», se preguntó al imaginarse por un momento que la bruja podría haber matado a su hijo. Luego le embargó el alivio al ver que no, que por increíble que pareciera, había ocurrido justo lo contrario.

Saqueador miró por encima del hombro de su padre y se puso un poco pálido.

—¿Qué es eso, padre?

—Eso —dijo Encanzo con cierta tristeza— era un brujo.

¡Por todo el muérdago y el moho de las hojas! ¡Por las patillas pelirrojas del Gran Ogrogris!

¡Entonces las brujas no se habían extinguido!
Y la prueba estaba justo allí, en la habitación de Xar.

Los magos que acudieron en tropel a
la habitación destrozada tardaron un poco en
comprenderlo todo.

—¿Ves? —dijo Regañón con un tonillo triunfal,
porque a veces, aunque ocurra algo tan horrible como
esto, se siente cierta satisfacción al tener razón—.
Te dije que el chico haría algo horrible en cualquier
momento. Y mira, ahí lo tienes. Las brujas no se han
extinguido y después de tantos cientos de años de
paz, ¡Xar ha traído a una bruja al campamento de
magos!

La verdad es que era típico que fuera Xar quien
encontrara una bruja.

—Pero ¿cómo ha podido Xar matar a esta bruja?
—preguntó el Encantador, algo maravillado muy a
su pesar—. Es prácticamente imposible matar a una
bruja...

—Bueno —admitió Saqueador, lentamente—,
hizo trampas en el concurso de hechizos al traer
una espada de hierro que dijo haber robado a los
guerreros...

—¿Se trataba de una espada potente? —preguntó
el Encantador.

—Parecía bastante antigua —respondió
Saqueador—. Creo que comentó que era una espada

matabrujas, pero ya sabes cómo es Xar: miente más que habla.

—¿Por qué no me lo habías dicho antes? —contestó su padre, enojado, girándose hacia Saqueador, mientras el relámpago de su furia rugía dentro de la habitación totalmente destrozada de Xar.

Ahora, veinticuatro horas más tarde, el Encantador caminaba de un lado a otro con la esperanza de que encontraran pronto a Xar.

La verdad es que Saqueador no disfrutaba viendo lo consternado que estaba todo el mundo por la desaparición de Xar. Hasta Regañón suspiraba y decía cosas como:

—En realidad, era un buen chico... Muy alegre, a la vez que travieso, pero no tenía mala intención...

—Todo esto es por culpa de Xar —afirmó Saqueador de mala gana—. Él fue quien trajo a la bruja aquí. Se lo merece.

Pero el Encantador se echaba la culpa a sí mismo.

«¿Qué fue lo último que me dijo el chico antes de mandarlo a su habitación?», pensó Encanzo.

«No te importo nada. Solo quieres un hijo que sepa hacer MAGIA.»

Encanzo quería poder decirle a su hijo que eso no era verdad, pero ya era demasiado tarde. Su hijo ya no estaba aquí.

Encanzo había permanecido despierto toda la

noche tras adoptar la forma de un halcón peregrino; había volado sobre las copas de los árboles, kilómetro tras kilómetro e infatigablemente, buscando a su hijo. No obstante, Xar era experto en ocultar su rastro, por lo que a pesar de sus ojos de halcón, con los que miraba con atención por toda la oscuridad frondosa, no encontró ni una huella del chico, por más que lo intentó.

El Encantador había consultado los mapas de las estrellas de una manera tan intensa que había agujereado el mapa con la mirada, pero Xar estaba escondido en una fortaleza de hierro, así que por mucho que mirara, no podía encontrarlo.

Era como si se hubiera esfumado de la tierra.

El Encantador empezó a pensar en lo impensable.

Nadie sabía mucho sobre brujas. ¿Y si antes de que muriera la bruja, esta hubiera matado al chico y hubiera hecho desaparecer su cuerpo de una manera totalmente desconocida para Encanzo?

El Encantador había enviado a Xar a su habitación para darle una lección. Pero como suele pasar en otras ocasiones, la lección fue para el propio soberano.

«OJALÁ no hubiera gritado al chico. OJALÁ lo hubiera escuchado y no lo hubiera amenazado con expulsarlo del campamento. OJALÁ no haya muerto sin saber que le quería», pensó Encanzo el Gran Encantador.

Hasta
los Encantadores más poderosos son
padres como el resto de nosotros...

No obstante, ni siquiera un Gran Encantador puede viajar en el tiempo.

Se oyó un grito en la entrada. El Encantador se giró ansioso.

Era él. ¡Era Xar!

Allí estaba el chico junto a Nocturnojo, su gato de las nieves. Parecía sentirse un poco culpable, inseguro de cómo lo recibirían, pero tan descarado, incorregible y creído como siempre.

O incluso más.

En el fondo, hasta los Encantadores más poderosos son padres, como el resto de nosotros.

Encanzo, el Gran Encantador, corrió hacia su hijo con las piernas temblorosas y un sentimiento de entusiasmo y alivio que hizo que alzara en brazos a Xar.

—¡XAR! ¡ESTÁS VIVO! ¡HAS VUELTO A CASA! —gritó.

—Sí —respondió Xar, sonriendo de oreja a oreja y sorprendido, puesto que esperaba que lo expulsaran del campamento o que, como mínimo, le hicieran un interrogatorio, que era lo que solía ocurrir cuando volvía de una aventura—. Esto… Siento lo de la bruja muerta, padre… y mi habitación… He vuelto a perder mi libro de hechizos, pero ¡mira!

Xar hizo una señal a los gigantes, los magos, los enanos y los trasgos que había rescatado de las mazmorras de Sychorax para que se acercaran.

La multitud que se había congregado en el campamento mágico sintió un gran alivio al reconocer a algunos familiares, amigos y conocidos que pensaban que ya no volverían a ver.

Se apresuraron a abrazar a sus familiares perdidos con gritos de júbilo.

—Quería enmendar mis errores —dijo Xar con orgullo—. Intenté quitarle la magia a un brujo y robé una espada que lo obligó a atacarnos, así que fui a dejar el arma a las mazmorras de Sychorax y, mientras estaba allí, me di cuenta de que tenía encarcelados a los nuestros, por lo que los rescaté.

Gracias a actos tan valientes como este, todos estarían dispuestos a perdonarlo, aunque hubiera traído TROPAS de brujas al campamento. (Siempre que las matara después, claro).

Encanzo no solía estar orgulloso de su hijo, pero Xar había hecho algo bueno para variar.

Y lo mejor que había hecho era volver a casa VIVO.

Por primera vez, Encanzo el rey Encantador estrechó la mano a su hijo como si fuese un igual.

Xar nunca había sido tan feliz en toda su vida: ver a su padre mirarlo con tanto orgullo, amor y admiración; ver a todos en el campamento aplaudiendo y tan alegres...

El Encantador se volvió hacia la multitud y dijo:

—Quizá deba haber un hueco en el mundo de los magos para aquellos que no tengan magia —anunció el Encantador—. ¡Mirad! Estos magos, gigantes y trasgos tan valientes vuelven con nosotros sin su magia. ¿No debemos acogerlos en nuestra sociedad?

Y la población respondió:

—¡Sí, claro!

—Me gustaría proponer tres hurras por mi hijo Xar —dijo el Encantador—, que ha desafiado los horrores de las mazmorras de Sychorax para traernos a estos viejos amigos, poniéndose en peligro él, y a los trasgos y los animales.

—¡Hip, hip, hurra! —vitorearon los magos.

—¿Por qué es Xar TAN INSOPORTABLE? —dijo Saqueador, enfurecido, apretando los puños.

—Mi hijo ha vuelto y lo ha hecho siendo una mejor persona. Xar ha aprendido una lección —dijo el Encantador sin dejar de sonreír—. Es mucho más inteligente esperar que te llegue la magia, que intentar obtenerla de una fuente oscura.

Se volvió hacia su hijo y dijo:

—Xar, me has dado una lección. Es mucho mejor tener un hijo sin magia que no tener ningún hijo. Bienvenido a casa, Xar.

El Encantador abrazó a su hijo y luego se giró hacia la animada multitud.

—Por lo tanto, declaro hoy el día de los

agradecimientos y las celebraciones. Vamos a ver, ¿cómo podemos llamarlo? —preguntó el Encantador; de no haber sido un Gran Encantador tan bueno, aquello podría haber supuesto un fracaso—. Lo llamaremos… la CELEBRACIÓN DE QUE XAR NO SEA AÚN MAGO. ¡Que empiece la fiesta!

Los magos necesitan muy poco para montar un sarao.

Todos los que estaban en el salón enloquecieron; los violines tocaban solos, la estancia resplandecía con el brillo de los trasgos que recorrían todos los rincones, y los magos, los gatos de las nieves y los gigantes, que junto con enanos y animales de todos los tamaños y formas, bailaban, cantaban y aullaban hacia el cielo oscuro del invierno.

—¿Ahora somos por fin libres, amo? —preguntó Ariel, que voló hacia el Encantador aprovechando que el soberano estaba de buen humor—. No olvides que prometiste liberarnos a Caliburn y a mí cuando el chico creciera y ya no nos necesitara. Somos trasgos demasiado valientes para un chico como Xar.

—No me he olvidado —dijo el Encantador, sin mostrar tanta benevolencia—, pero eso sí, Xar os necesitará durante un poco más de tiempo. No os liberaré ni a ti ni a Caliburn hasta que el chico sea un adulto reflexivo y sabio.

—Puede que eso no ocurra jamás —dijo el cuervo.

—Entonces jamás seréis libres —dijo el Encantador con tristeza—. Por cierto… ¿Caliburn?

—¿Sí, Encantador? —dijo Caliburn, sintiéndose algo culpable.

—Cuando puedas, quiero un informe completo de todo lo ocurrido durante las últimas veinticuatro horas. Ahora es el momento de celebrarlo, pero después quiero que me cuentes toda la verdad y solo la verdad, Caliburn.

El Encantador se dio la vuelta para unirse a la celebración e hizo un gesto teatral e inquietante con la capa.

—Preferiría que no le contaras TODA la verdad —dijo Xar, sonriéndole.

—Ya… —dijo Caliburn—. Creo que omitiré lo de que la espada era una mezcla de hierro y magia. Y el envenenamiento del trasgo. Y lo de la bruja dentro de la roca. Y que Wish es la chica del destino… De hecho, ahora que lo pienso, no hay mucho de la historia que pueda contar, ¿no?

—Y sobre todo, no le cuentes ESTO —dijo Xar, con un brillo malvado en los ojos, mientras abría la mano: en el centro de la palma estaba la ligera marca verde pálido de una mancha difuminada de la bruja.

Caliburn emitió un graznido de terror.

—¡La mancha de la bruja! Pero ¿qué ha pasado? Pensé que había desaparecido.

—Yo también —dijo Xar, mientras cerraba el puño para ocultarla—. Pero se ve que aparté la mano de la roca demasiado deprisa. ¿Sabes qué es lo mejor de todo?

En ese momento, el chiquillo no podía reprimir su entusiasmo:

—Creo que está empezando a funcionar.

No os liberaré hasta que Xar se convierta en un adulto reflexivo y sabio

—Pero, pero, pero… ¡Xar! —farfulló el pobre Caliburn—. ¡Es magia mala! Viene de una fuente oscura. Acabamos de pasar por todo esto y creía que ya habías aprendido la lección, que te habías convertido en una mejor persona, como tu padre acaba de decir. ¿Cuál es la moraleja de toda la aventura que hemos vivido?

Pero Xar ya se había marchado a toda prisa, preocupado por perderse alguna de las celebraciones en su honor.

Los trasgos se unieron con entusiasmo a la festividad e iban dando vueltas haciendo travesuras de las suyas:

Tormenta se lo pasó genial echando hechizos a la comida de la gente para que cuando la cogieran, pareciera algo delicioso como un trozo de tarta de manzana, pero cuando se la llevasen a la boca se convirtiera en algo asqueroso, como una babosa gigante.

Espachurro disparó un hechizo pestilente (aunque no le solían funcionar y en vez de oler a huevos podridos, olía estupendamente a limones).

Despreocupado, Xar alardeaba ante las chicas más guapas.

Mientras tanto, el pobre Caliburn se posó en la rama de un árbol, preocupado e intentando consolarse.

—Tal vez, si el rey brujo ha muerto —se dijo el pájaro—, las brujas volverán a dormirse. Puede que, aunque se vuelvan a despertar en nuestra época, no encuentren a la chica, porque no será tan estúpida de salir de la fortaleza de hierro de nuevo, porque puede que sea uno de los pocos humanos que aprenda de sus errores. Quizá.

Después, como suelen hacen los guerreros, tras haber aplacado una de sus preocupaciones, empezó a preocuparse por otra cosa.

—Xar anhelaba tener magia y ya la tiene, aunque es de la mala. Como se entere su padre, se meterá en un buen lío —se dijo Caliburn, preocupado—. Aunque AHORA estén contentos con él, no tardarán mucho en recordar sus desobediencias del pasado, como dar mala fama a los cinocéfalos, entre muchas otras cosas.

El viejo cuervo inclinó la cabeza hacia el otro lado, como si barajara otras alternativas.

—Pero puede que luego Xar aprenda a controlar esa magia antes de que su padre lo averigüe. El muchacho tiene buen corazón; ha salido a la luz en esta aventura. El bien que hay dentro de Xar controlará el mal que lleva en la sangre... Quizá. Tal vez.

—¡Caliburn! —gritó Xar por debajo—. Venga, deja de preocuparte y de ser tan pesimista.

Xar miró a su alrededor para comprobar que no había nadie mirando y apuntó a la rama del árbol con la mano en que tenía la mancha de la bruja. Había intentado hacer magia un millón de veces, pero nunca había funcionado.

No obstante, en esta ocasión fue diferente.

Esta vez sintió un hormigueo raro, como una especie de cosquilleo por todo el brazo derecho. Era como si se le estirara algún músculo que no había sentido antes.

Se alegró muchísimo al notar la magia en las puntas de los dedos.

¡BUUUM!

Explotó la rama del árbol en que Caliburn estaba posado, y, con un graznido contrariado, el viejo pájaro cayó del cielo hecho un torbellino de plumas y empezó a batir las alas en protesta frente a la cara de Xar, que estaba sonriendo.

—¡HA FUNCIONADO! —chilló el muchacho. Se miró la mano con muchísima alegría—. ¡TODO LO OCURRIDO HA MERECIDO LA PENA! ¡POR FIN TENGO MAGIA!

Caliburn suspiró profundamente. Al parecer a Xar ya se le había olvidado la moraleja de la aventura. Que el chico aprendiera a ser bueno iba a requerir un tiempo.

Pero mientras tanto…

—¡Preocúpate mañana, viejo pájaro! —dijo Xar sonriendo—. ¡Ahora vamos a BAILAR!

Entonces, el mago cogió al cuervo de las alas y el

pájaro dejó de preocuparse y volvió a sentirse polluelo mientras Xar le daba una vuelta tras otra, bailando con él bajo el frío de las estrellas de medianoche.

Epílogo

Bueno, pues así fue la historia de Xar y Wish y de cómo sus estrellas se cruzaron una medianoche de hace mucho mucho tiempo en un pasado remoto.

Antes de que las Islas Británicas supieran que lo eran y la magia vivía en los bosques oscuros.

Y un poco como Caliburn, sigo tratando de sacar la moraleja al cuento.

Tienes que escuchar las historias, ya que estas siempre significan algo.

Pero lo que me preocupa es… ¿qué significan exactamente?

Es la historia de cómo Xar consiguió magia, cómo Wish se enteró de que era especial y cómo la reina bruja escapó de la piedra.

Porque, y creo que ya lo he dicho un par de veces, tienes que ir con cuidado con lo que deseas. Puede que se haga realidad.

Justo al principio de esa historia, he dicho que la contaba uno de los personajes. ¿Has adivinado quién?

Podría ser cualquiera, ¿verdad?

Xar, Wish, Espadín, el guardaespaldas con ínfulas de héroe, Sychorax o Encanzo, o tal vez algún trasgo o ese viejo pájaro de Caliburn, el cuervo que ha vivido muchas vidas.

Podría ser cualquiera de estos personajes, bueno o malo o mezcla de los dos.

No voy a darte la respuesta todavía. Tendrás que seguir pensando porque aún no hemos llegado al final de la historia ni mucho menos.

La reina bruja ha escapado de la piedra como un genio de la lámpara.

Buscará a Wish, ya que tiene la magia que funciona sobre el hierro.

Y Xar tiene magia de la mala y no sabemos aún cómo acabará todo.

Bajo la almohada de Wish duerme el *Libro de hechizos*, pero podía despertarse en cualquier momento. Esperemos que Caliburn tenga razón y la ayude a luchar contra la gente mala de magia potente y corazón malvado que quieran arrebatarle la magia que tiene...

PORQUE SI HAY UNA BRUJA, HABRÁ MÁS...

Sigue esperando.

Sigue adivinando.

Sigue soñando.

Firmado: El narrador desconocido

Érase una vez la Magia...

Deambulando con libertad
en senderos celestiales y caminos en el mar;
en esos tiempos eternos del ayer,
los sinsentidos tenían poder.
Las puertas volaban y los pájaros hablaban.
Las brujas sonreían y los gigantes caminaban.
Las varitas y alas mágicas, a voluntad.
Y entregábamos el corazón a lo imposible.
¡Un final insensato! ¡Una idea inconcebible!
Que los magos y los guerreros trabaran amistad.

En un mundo donde lo imposible se hace realidad
No sé por qué olvidamos el hechizo.
Cuando nos perdimos, el bosque se deshizo.
Pero ahora, ya mayores, podemos desaparecer de verdad.

Y vuelvo a ver el sendero invisible
que nos llevará a casa y nos hará regresar…
Así que coge la varita y pon tus alas a volar
que cantaré nuestro amor por lo imposible.
Y cuando me cojas de la mano transparente
volveremos a esa tierra mágica y reluciente
donde perdimos nuestros corazones…
Cuando fuimos magos…
Hace ya muchas vidas, en tiempos aciagos.
Y aunque fuera solo una vez.

AGRADECIMIENTOS

Un gran equipo de gente me ha ayudado a escribir este libro.

Gracias a mi maravillosa editora, Anne McNeil y a mi magnífica agente, Caroline Walsh.

Un agradecimiento especial a Jennifer Stephenson, Polly Lyall Grant y Rebecca Logan.

Y a todos los del sello infantil de Hachette: Hilary Murray Hill, Andrew Sharp, Valentina Fazio, Lucy Upton, Louise Grieve, Kelly Llewellyn, Katherine Fox, Alison Padley, Naomi Greenwood, Rebecca Livingstone.

Gracias a todo el equipo de Little, Brown: Megan Tingley, Jackie Engel, Lisa Yosowitz, Kristina Pisciotta, Jessica Shoffel.

Y muchas gracias sobre todo a Maisie, Clemmie y Xanny.

Y a SIMON por sus grandes consejos sobre cualquier cosa.

No lo habría conseguido sin vosotros.

Descubre más cosas
sobre el maravilloso mundo de

CRESSIDA COWELL

www.cressidacowell.com